니트일기 ①

노력하면
못하는 게
어디 있어

일러두기
이 책의 모든 대화와 문장은 저자의 손글씨로 쓰였습니다. 구두점과 맞춤법이 맞지 않는 부분이 더러 있을 수 있습니다.

니트일기 ①
노력하면 못하는 게 어디 있어

초판 1쇄 인쇄 2019년 9월 9일
초판 1쇄 발행 2019년 9월 23일

지은이 김혜민
책임편집 조혜정
디자인 그별
펴낸이 남기성

펴낸곳 주식회사 자화상
인쇄,제작 데이타링크
출판사등록 신고번호 제 2016-000312호
주소 서울특별시 마포구 월드컵북로 400, 2층 201호
대표전화 (070) 7555-9653
이메일 sung0278@naver.com

ISBN 979-11-90298-07-0 04810
979-11-90298-06-3 (SET)

이 도서의 국립중앙도서관 출판예정도서목록(CIP)은 서지정보유통지원시스템 홈페이지(http://seoji.nl.go.kr)와 국가자료공동목록시스템(http://www.nl.go.kr/kolisnet)에서 이용하실 수 있습니다.(CIP제어번호: CIP2019035176)

니트일기 ①

노력하면 못하는 게 어디 있어

글• 그림 김혜민

쿵

노력하면 못하는 게 어디있어

: 강한 응원의 말인 듯 보이나
듣는이에겐 부담을 안겨주는 불편한 표현
'노력'이라는 말을 함으로써 앞선 그의 노력이
최선이 아니라 단정지어 버릴수 있다.

비슷한 표현 :
넌 다 좋은데 노력이 부족해서 그래.
우리 애는 머리는 좋은데 노력이 부족….
노력하면 돼.
조금만 더 해봐!

시작하며

이 책은 누군가에겐 미래이고
누군가에겐 과거이며
또 누군가에겐 현재일 수 있는
2000년에 초등학교에 입학한
누구나의 이야기입니다.
어떠한 교훈, 가르침 등을 담고 있지 않으며
일기와 같이 일상들이 나열되어 있습니다.
다른 이의 삶을 구경하고 싶으신 분께 추천드리며
이 일기의 90%는 진실이며
저의 주관적 생각들로 과장되거나
포장된 부분이 나머지를 차지합니다.
왜곡하려는 의도나 마음은 전혀 없음을 말씀드립니다.

CONTENTS

- 2부 -

니트가 되어가는 과정

- 3부 -

다들 그렇게 살아. 왜 너만 유난해?

행복을 이루는 게 무엇인지
계속 찾으면 결코 행복할 수 없다.
인생의 의미를 찾고 있다면
인생을 살 수 없다.

_알베르 카뮈

-1부-

나 같은 사람 하나 없겠어?

#001

나는 무쓸모 인간일까?

나는 26세 청년이며,
무직자 이다.

'무식자' 아니고
무직

자발적 백수라고 할까?

사실 부모님 등골브레이커다.

호호
허허
MOM
DAD
-100
-200
억!
어!
엄마빠 죄송..

오늘도 내 꿈이 뭔지 모르겠고

장래희망
...

이렇게 살아도 되나
머리 아파 하다가도

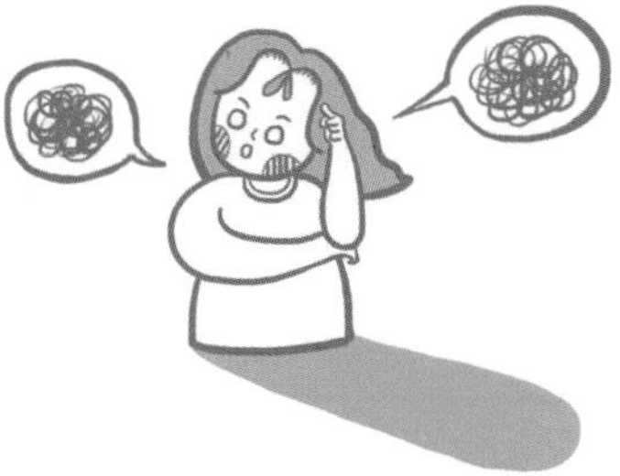

왠지 그냥 이렇게 흐르는 대로 살아도
아무 문제 없을 것만 같은 맘..

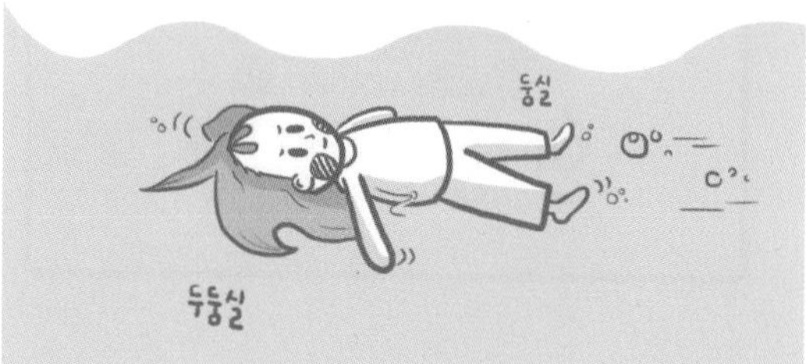
둥실
두둥실

아니 이게 잘못일까?

맞아, 나 잘못하지 않았어

삶에 정답이 있는것도 아닌데

왜 이런 생각을 부끄러워하지

세상에 사람이
얼마나 많은데
나 같은 사람
한 명 없겠어?

있는 그대로의 나를
사랑할 수 있을까?

#002

뭔가 꾸준히 열심히 시도한 기억

나는 어릴 때부터
주관없는 아이였다.

주관이 없는 건지
있는데 말을 안한 건지

엄마가 가깝다고 보내주신
동네 미술학원에 딸린 유치원.

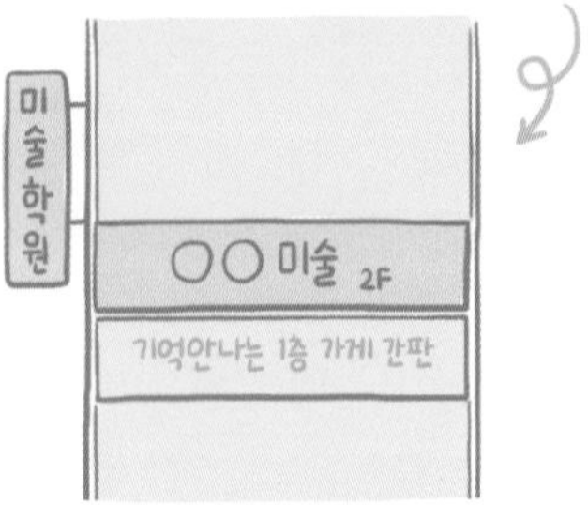
미술학원
○○ 미술 2F
기억안나는 1층 가게 간판

*건물 안 한층을 사용(유일한 기억)

졸업 할때 학원다닐것인지 물어보는데

초등학교가면 어쩌고 저쩌고
저 언니 멋있다

멋있어 보여서 하고 싶었다.

그런데 집이 이사를 갔다.

인생 내 맘 같지 않아..

- 초딩 누구나 -

초등학생때 다닌 학원은

내가 다니고싶었다기보다
보내주시니 다녔다.

학교 하교 후 학원 두곳 정도 씩

나는 100점 짜리 받아쓰기
시험지를 들고 기뻐했으며

나 백점 맞았어~
잘했네!!
100
100

컴퓨터 자격증을 따고 좋아했고

커서 생각해보니 어쩐지 시험볼때 어른들이 많았던 기억

국가기술자격증
자격번호 : 12-3456-78
자격종목 : 컴퓨터 활용능력
성 명 : 누구나

피아노 대회에 나가
입상인 줄 알았는데 은상을 타고

이제 와서 다시 보니

근데 이건 참가비 내면
다 주는 거야~

아니야 잘 했으니까
주는 거지~

으휴~ 우리 구나
참 순수해!

아, 그런가
참가비 내면 다 주는 건가

나는 이제껏 내가 참여하면
모두 받는 입상인 줄 알았는데
그릴까해서 찾아보니 은상..

무슨 수학경시대회에서 메달도 땄더라.

어쩌면 내 인생 리즈시절

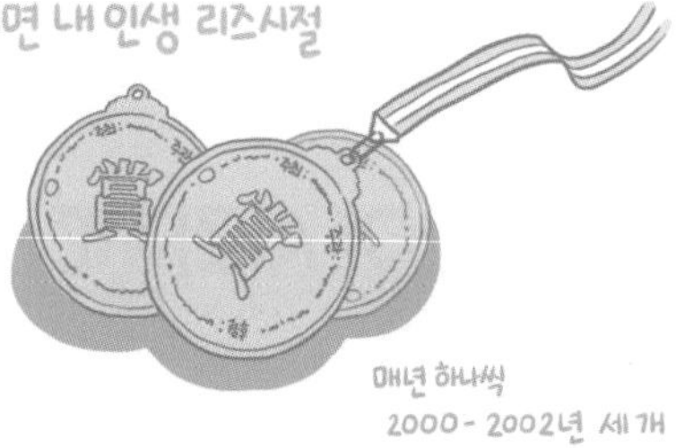

매년 하나씩
2000-2002년 세 개

그런데 점점

엄마 나 최우수상이야~

ㅋㅋㅋ 이게 뭐야
무슨 바느질로 상을 줘~

* 교내 가정? 대회에서
재봉틀 + 손바느질로 상탐

의욕이 사라졌다.

나, 유치원 때 원장님이
초등학교 들어가면 미술 배울 생각
없냐고 물어봤는데~

그건 다 물어보는 거야
장사하는 거야 거기도..

정말 문득 갑자기

국·수·사·과
네 과목 시험보던 시절

내가 전과목에서
세개나 틀리다니..
학원에서 맨날 공부한 건데
난 한심해..

난 이제 3학년인데
학원에서 4학년 꺼 배우면
학교는 왜 가는거지?

열심히 살기 싫어졌다.

좋아하는 것들이 점점 사라져 갔다.

나보다 옷 많던 내 미미
구나는 이제 언니니까
이건 동생주자~
검은봉지에 쌓여 사촌에게

오백 원 천원 모아 사던
내 미미인형과 옷들도

백 원짜리 세 개면
한가득 담아주던 컵떡볶이도

천 원에 세 개짜리 꽈배기
하나 더 얹어주시던 동네 빵집도

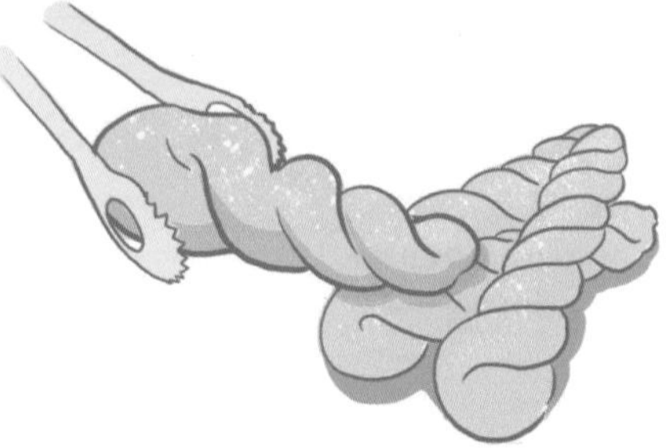

지역에 따라 붕붕, 방방, 트램폴린

퐁퐁 타면 꽁짜로 주시던
토치불로 만든 달고나도

왜인지
이 나무젓가락에 묻은 게
제일 맛있다

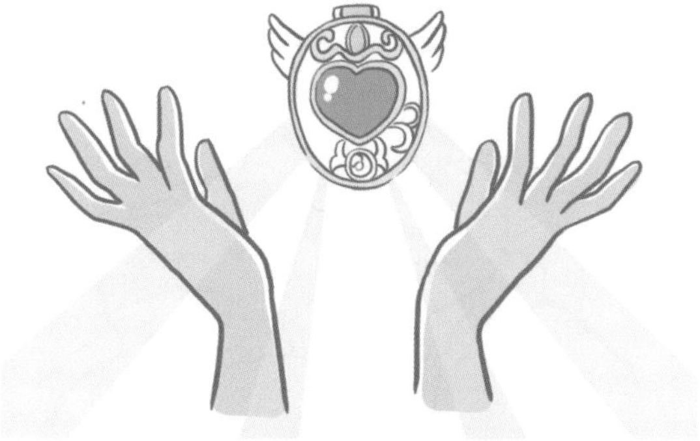

나를 신비로운 존재로
만들어주던 요정들도

이때 좋아하던 만들기도

지금까지
왜 보관 중인지 모르지만
버릴수 없는 공책

다 쓰레기야!!
갖다버려!!
으휴 누굴 닮아 저러나 몰라
엄마 미워!!

자꾸 치우고 버려서
매번 울고불고

나도 맨날 성질만 내다가 포기

모두 사라져가는데
나만 과거에 머물렀다.

공부를 잘해야
좋은 직장, 좋은 직업을 갖지

좋은 직장?
좋은 직업?

그게 정해져 있나?

때이른
포기
초등학교 4학년쯤
<성적표>

흥미가 생기는 게 없었다.
성적은 계속 떨어졌다.

5학년 때 담임 선생님이
교내에 리코더부를 만드셨다.

선생님이 전 학교에서
리코더부로 대회를 다녔어
우리반으로 대회를 나가려 하는데
리코더를 사야하니까
참여 어려운 사람 와서 말해줘
담임
선생님

별로 하고 싶지 않은데
뭐지, 여기서 안 하면
반 애들 다 하고
나만 안 하는거아냐?

반 아이들이 모두 참여했다.

부모님은

종류와 악기회사에 따라 값이 다름

왜 비싼 리코더를 사면서까지
참여하나 싶으셨지만

반 전체가 하는데

혼자 안 할 수 없던
어린 내 마음을 이해하고
리코더와 단체복 등을 사주셨다.

6학년,
처음이자 마지막으로
반장이 되었는데

담임 선생님
반장이 말이야~
반장이 돼가지고~

반장이라는 이유로
선생님에게 두 배는 더
혼나게 되니 서러워
매일 남모르게 눈물을 훔쳤다.

선생님이 무섭고 더는 혼나기 싫어
학교 조경담당이신
선생님께 잘보이려
야생화 이름도 외우고
화단 물주기도 자처했다.

솔직히 관심 없었다.
그냥 잘지내고 싶었을 뿐이었다.

선생님께는

나의 노력으로
더이상 혼나지 않았지만

친구들에게는

융통성 없는 반장으로
왕따를 당한 채 졸업했다.

열세 살의 나는

결정과 책임이라는 무거움
그리고
인간관계의 어려움을
알아버렸다.

#003

취향의 발견

이사를 가서 중학교에 입학했다.
부모님은 내게

친구 좀 잘 사귀어봐.

라고 말하셨지만

그게 쉬우면 나도 진작..

나는 방법을 몰라 조용히 지냈다.

좋은 친구들이 생겼다 사라졌다 했다.

반에서
몇 등이야?

중학교도 다를 건 없었다.
부모님께 혼나지 않기 위해
책상 앞에 앉긴 했지만

수동적인 내 인생

혼나니까 하긴하는데,
성적이랑 등수가 무슨 소용이지?

좋은 직업?
좋은 직장?

되고싶은 직업보다
좋은 직장을 위한
성적이 먼저인것인지
늘 방황했다.

아무도 모르게 자아를 찾던
나의 사춘기가
이시기가 아닐까..

그러다가
우연히 같은 반 친구로부터

오...
내 다이어리야
이쁘지

다꾸를 알게 되었다.
다이어리 꾸미기

처음에는
유행처럼 했는데

오늘은 어쩌구 저쩌구

어느새 깊게 빠져들었다.

그때부터 밤낮없이 다꾸만 하던 나

TEEN
① 잡지 모으기
② 스티커 모으기
이 세상에 같은 스티커는 없다
③ 이쁜 펜 모으기
이 세상에 같은 펜은 없다
색색

밤에 라디오까지 틀어주면
내 감성 이미 내 것 아님

감 성

자르고 붙이고 칠하고

폭 다꾸는 밤에 해야 제맛ㅋㅋ 발

사라지는 것들에 대한
미련이
여기에 담겼다.

아니, 어쩌면
미련이
조금 더 심해졌을지도 모르겠다.

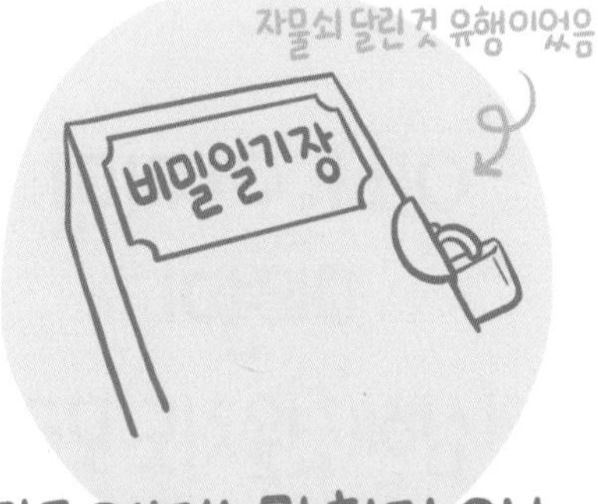
자물쇠 달린 것 유행이었음
비밀일기장

가족에게 말하지 않는 비밀이 늘어갔다.

더 이쁜사진을 사용하려고
인터넷을 검색하며
포토샵을 독학했다.

움짤・동꼬・배너까지

움직이는 짤(jpg) = gif

동영상 꼬랑지
=동영상의 짧은 것들을 이쁘게 꾸미는것

148572
MEET

졸업 ...
2012 0209 졸업식

- 2012. 02.10 금요일 -

오티ㅋㅋㅋ

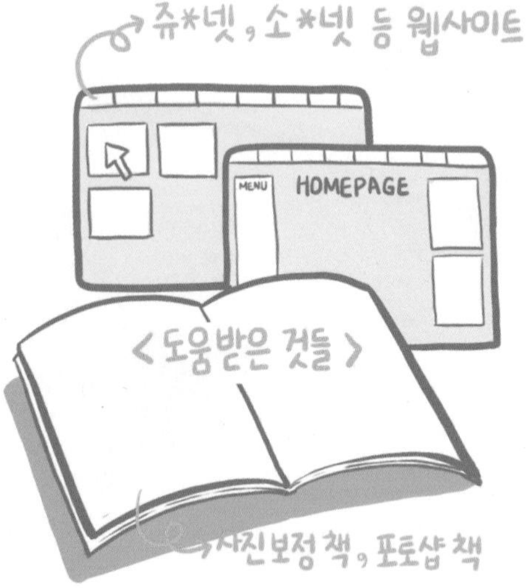

쥬*넷, 소*넷 등 웹사이트
HOMEPAGE
MENU
<도움받은 것들>
사진보정 책, 포토샵 책

꽤 즐거웠다.

내 나이 열다섯
누군가 시키지 않은 일에
이렇게 열정적인 적은 처음이었다.

모든 과정이 즐거웠다.

늘 꿈이 없던 나는 이런 생각을 했다.

이렇게 재밌는 일이라면
직업으로 가져도 즐거울 텐데

그림을 배우면 좀 더 다꾸 실력이
좋아질 것이라는 생각도.

엄마 나 미술 배우고 싶어..

이렇게
처음으로 내 의견을 주장해 봄.

생각치 못했던?
엄마의 지지로ㅋㅋ

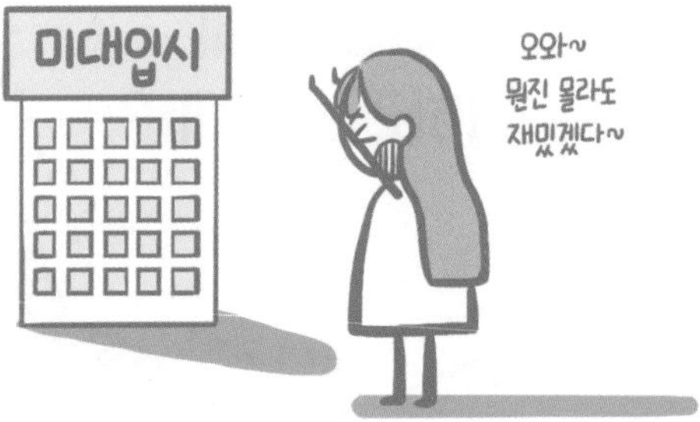
미대입시
오와~
뭔진 몰라도
재밌겠다~

빠르게
미술학원을 등록했다!

#004

나는 대체
뭘하려는 걸까?

맨날 어디서
튀어나오는거야
덩어리
투시
사실 이런걸
배우려던건
아니었지만
=모든 입시생들의 의문

그냥 그림그리는 게 신기했고

실력이 늘고 싶은 욕심이 생겼고

좋은 사람들을 많이 만났다.

그냥.. 너무 좋았다.

그런데 시간이 지날수록
다이어리 잘 꾸미고 싶다고
학원을 찾은 내 모습이

철없어 보였다.

산업디자인
취업 생각하면
산디가 좋대~
시각디자인
다들 벌써
취업을 생각해?
야, 시디가 괜찮을까
*대화내용은 개인생각일 뿐 입니다

이게 돈이 돼?
그걸로 무슨 직업을 해ㅋㅋ
잘하는 기준은 뭐야? 이게 잘하는 거야?
오빠
가족

아, 이걸로 직업을 가지는 게
터무니 없는 걸까?

점점
다이어리도
잘 안 하게 되었다.

대학만 가기도 벅찬데

나는 취업까지
생각해보지 않았다.

취업은커녕
당장 어느 대학 어느 과가
나에게 맞는 것인지도.

두살 터울

먼저 입시를 준비하던 오빠가
엄마에게 이런 말을 했다고 한다.

그래도 구나는
미술이라는
방향을 정해서 좋겠다.
난 아직 모르겠는데..

나도 하나도 모르겠는데

꿈이 없는 사람에겐
방향이 정해진 사람.

부담스럽다..

그런 나에게

그 시절 학원선생님의 말들은

그러니까 빠지지 말고~
우리학원이 이번에도 합격률 지역 1위야
아, 이번 방학 특강 다 할거지?
미대는 뭐겠어, 그림이지?

진로고민을 하는 시기에
여기 있으면 어떻게든 될것 같은
안정감을 주고 도피처가 되어주었다.

그래서 학원을 열심히 다녔다.
학원이라도 열심히

비싼 학원비와 특강비
때마다 나가는 대학시험비가

예체능도
돈이 있으니까 시키죠~
하하..
그건 아닌데..
MOM
동네
아주머니

엄마, 이번에
방학특강이...
아 그래? 벌써?
대회도 나간다며
그거 신청비 얼마랬지..?

당연히 부모님께
부담이 된다는 걸 아는 나이였다.

필요한 걸 말하면
어떻게든 해주시려는
부모님을 알기에

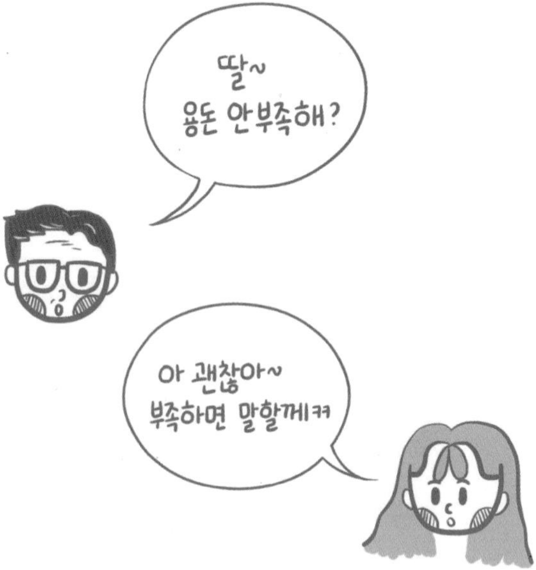
딸~
용돈 안부족해?
아 괜찮아~
부족하면 말할께ㅋㅋ

버스비를 아껴서
맛있는 음식을 사먹고
맛있는 음식 덜 사먹고
붓& 물감들을 샀다

그거 꼭 사야돼?

흰색 포스터 물감
그 색 화이트랑 섞어도
비슷하대~

아 그래? 그럼 일단
그렇게 써봐야겠다.

가끔 도망가고 싶을 때
친구와 진담 같은 농담을 주고받으며
결국 또 학원으로 향했다.

지하철 보이니까
진짜 학원가기 싫다
지금 도망갈까?
근데 어디가?
몰라ㅋㅋㅋㅋ
ㅋㅋㅋ 이래놓고 도망가지도 못하고ㅋㅋㅋ
맞아 맨날 말만ㅋㅋㅋ

주어진 일을 열심히 하면 어떻게든 되지 않을까…?

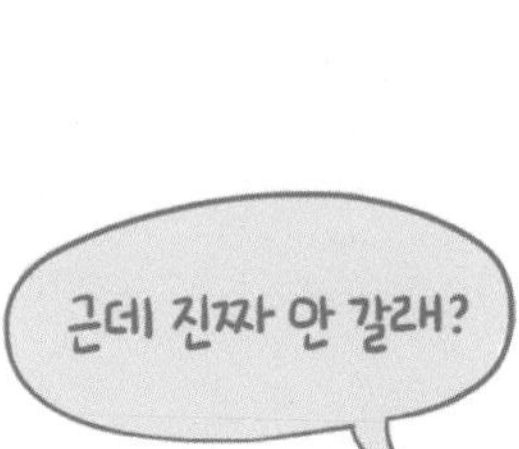
근데 진짜 안 갈래?

#005

생각할 시간이 필요한데 시간이 너무 빠르게 흐른다

그렇게 학교는 빠져도
학원은 빠짐없는 아이러니함으로
대학교에 입학했지만

수험번호 OOOO
누구나 님, 지원하신
OOO과 합격입니다
등록금 납부는 ....
OOO과..?
학원에서 성적맞춰 써줌

나와 맞지 않았다.

그제서야 알았다.
방향없이 달리기만해선
안된다는 것을..

성적 관리도 잘 안 했고
나에게 맞는 전공이 무엇인지도
충분히 생각해본 적이 없었다.

누가 시켜준다고 성적이 오르고
꿈을 정리할 수 있는 것이 아니었다.

고등학교만 졸업하면
여유 있는 대학생활을 보내리라
기대했지만

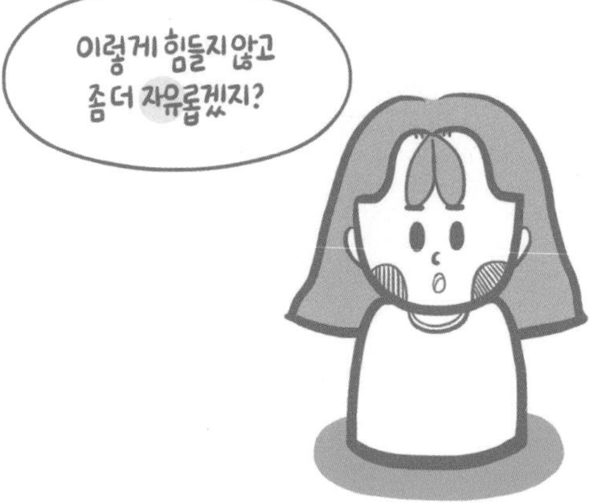
이렇게 힘들지 않고
좀 더 자유롭겠지?

착각이었다.

통학 왕복 네시간 지하철
애정이 안 생기는 수업들..

아는 사람 없음 & 통금 & 새 친구 잘 못사귐

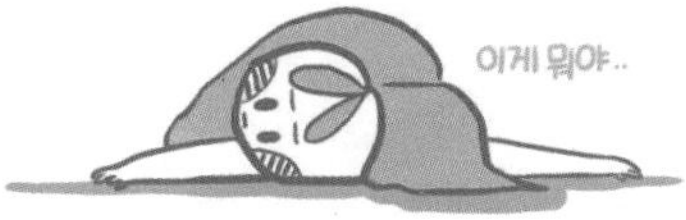
이게 뭐야..

내가 생각하던 스무 살도 아니었고
매일 아침 만원버스+지하철은
숨통을 옥죄여왔다.

등·하교 출·퇴근
가득 끼어가기
키가 작아서
팔을 쭈욱 펴야 함

교수님이 출간하신
3만 원짜리 전공책도 구입했다.

1년 동안 한 번을 펼쳐보지 못했다.
늘 실기수업이었다.

1교시로 고정된 전공필수들도
나를 더이상
버티지 못하게 만들었다.

여기서 멈추면
나는 루저인걸까?

지금이라도 멈추고
다시 나를 돌아봐야 할까?

이제
스무 살인데 내 행동에
책임을 져야 하니까 무섭다

정신차리고 다녀야 할까?

내가 너무 안일했던 건가?

어떻게 들어온 학굔데..
나 진짜 너무 한심하다.
부모님한테 면목도 없고

생각할 시간이 필요한데
시간은 자꾸만 빠르게 흐른다.

#006

나는 부모님께 실망스러운 딸인 걸까?

1년을 고민만 했다.
사실 제일 두려운 것은 부모님 반대

나를 위해 내주신
그동안의 학원비, 대학교 등록금…

하지만 시간이 흐를수록
죄송함만 더 쌓일 뿐
힘들고 불편한 맘은 계속되었다.

실기 시험으로만 평가하는 유형

나는 학교를 알아보고
배우고 싶은 전공을 알아보고
지인들의 의견도 수집하여

학원 친구 & 보조·전임 선생님들

좋아하는 일을
잘하면 성공한다

부모님 앞에서 프리젠테이션을 했다.

여러분이 생각하시는 그것.
PPT (Power point)

사실 이렇게까지 하는 건
오바인가 싶어서 프린트해서 제본

좋아하는 일을
잘하면 성공한다
좋아하면 열심히 하게 되고, 열심히 하면 잘하게 되고, 잘하면 자기가 할 일이 생긴다. 세상에서 가장 행복한 사람은 자기가 좋아하는 일을 평생 하며 사는 사람이다. 행복해야 창의적인 활동도 활발해진다.

어디서
찾은 문장

표지에서 느껴지는 패기ㅋㅋㅋ

누구나 좋아하는 일

누구나 좋아하는 일

누구나 배우고 싶은 일

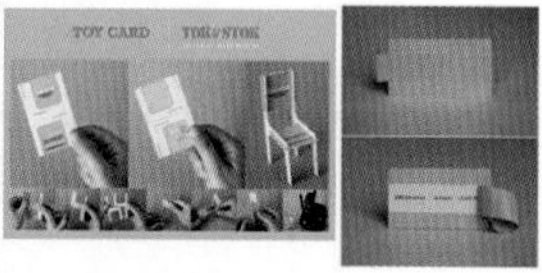

누구나 배우고 싶은 일

편집디자인

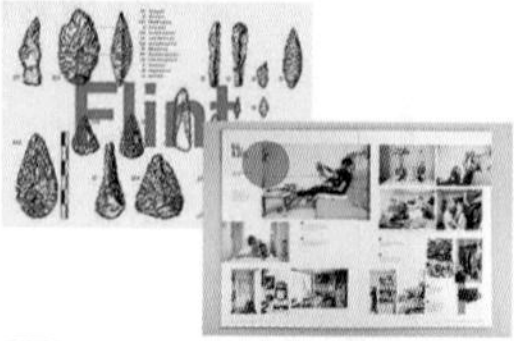

내가 좋아하는 것은 이런데
현재 이런 것을 배운다.
성적은 어떤 편이며
이 대학 이 과를 가고싶고
그 학과의 커리큘럼은
이러하다.

지인들은 이런 좋은 점과
이런 우려를 말씀하셨다.

•
•
•

10년 같은 10분을 느껴봄

침묵의 10여 분 후 한마디의 허락.

그래 너 하고 싶은 대로 해봐.

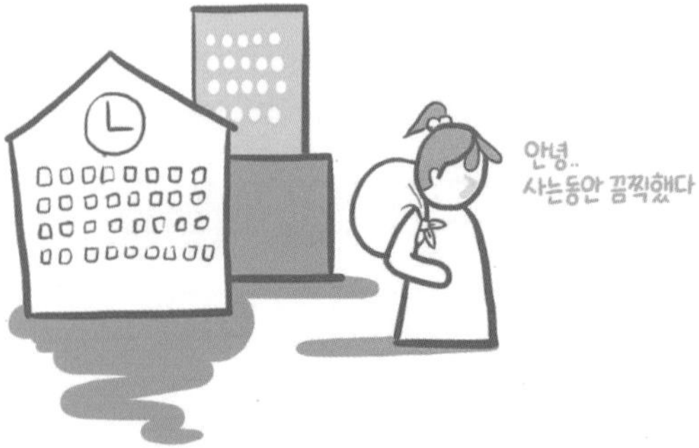
안녕..
사는동안 끔찍했다

나는 그렇게
학교를 그만두었다..

사실 입시 3년보다
더 부담스러운 한 달이었다.

도전하는 대학은 하나

처음 보는 실기유형

예술 등의 전공이 신입생 모집을 위해
학교 별로 준비되는 실기시험 유형이 약간씩 다름

↗ 다니던 입시미술 학원에서 알바

아르바이트 하던 학원 한켠에 남아 혼자 연습하는 것

내가 돈도 안 받고 알려주는 거야~
알겠어요~
학원 선생님

꾸준히 스스로를 응원해 가면서

탈락자 중 순위권이면
최종 합격의 확률이 높음

예비여도 괜찮다

나정도면 붙을 수 있다

어렵게 생각하지 말자

다시 입시 준비할 때

DABBOK
사랑해요 엄마아빠 ♡♡
엄마아빠가 예대 준비를 허락하셔따
내가 준비한 PPT를 좋게보신것 같기도하고
내 고민과 생각들을 이해해 주신것 같기도 하다.
실망시켜드리지 않게 최선을 다해야 겠다.
아 진짜 죄송하고 사랑한다 ♡♡ 화이팅
2012.12.21
현대카드 컬처프로젝트
TIM

시험보기전쯤

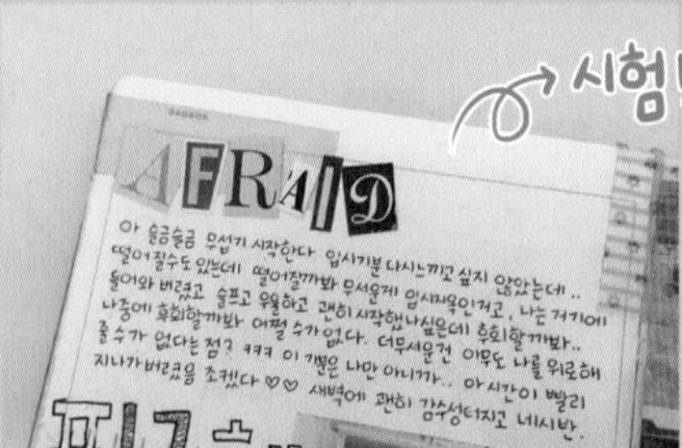
AFRAID
아 슬금슬금 무섭기 시작한다 입시기분 다시는 느끼고 싶지 않았는데..
떨어질수도 있는데 떨어질까봐 무서운게 입시지옥인거고, 나는 거기에
돌아와 버렸고 슬프고 우울하고 괜히 시작했나싶은데 후회할까봐..
나중에 후회할까봐 어쩔 수가 없다. 더무서운건 아무도 나를 위로해
줄수가 없다는 점? ㅋㅋㅋ 이 기분은 나만 아니까.. 아 시간이 빨리
지나가버렸음 조켔다 ♡♡ 새벽에 괜히 감수성터지고 네시반.
피곤해
zZ

결과는 합격

예비 없이 합격!

너무 기쁜 마음으로 말을 했다.

대견한 나자신

나 붙었어~
아 그래?
무슨 반응이 그래?
떨어지길 바랬는데..
?!

말 한마디에
상처를 크게 받았지만

나중에 취업할 때
더 불리할 거야.

4년제 대학을 포기하고
전문대를 가는 딸이
아쉽다는 솔직한 거정을 들었다.

말씀을 들으니 이해가 되었지만
마음에 남아버렸다.

아, 나는 사실
이해하지 못했나 보다.

#007

방황은 끝날 줄 모르고

새로 입학한 학교의
수업은 역시 즐거웠다.

전자책 만들기
수업이에요
오..♡

그런데 뭔가 이상했다.

사과노트북 다 가지고 있지?
그걸로 해야 돼..
없으면 컴퓨터실 쓰고~
응?

당시 나는 학교 컴을 쓰거나

Zz
피곤하면
잡니다
무게도 상당

집에서 공용으로 쓰던
일곱 살된 노트북을 들고 다녔는데

무조건 사과컴을 이용하는 수업이라니..
그것도 팀작업 (2인 ↑)

언니
있어요?
아니?

왠지 모를 동지애에 친해짐

우리는 매일 학교에 남거나

서로의 동네 카페 중에 사과컴이 있는 곳에서 만났다.

과제를 하다 보면 이상하게
프로젝트의 목적은 사라지고
목적이 완성이 되는 기이함을 경험

언니가 아는분께 빌림

벌써 학교다니기
싫어지는것 실화?
→최소 싫어증 1기
인생살기 싫어

아이들은 마치 2010년
청소년들을 휩쓴 오리털 패딩마냥

200만 원을 호가하는 노트북을
하나둘 가지고 나타나기 시작했고

교수들도 멀티미디어 시대에
잡스와 팀 쿡에게 따로
교육이라도 받은듯 강조했기에

이게 이렇게 폰이랑 컴끼리
주고받기도 좋고, 타블렛 하나 있으면
얼마나 가볍니 이게~

A교수

너희 디자인으로 취업하잖아?
다 이 회사거 써!
80%는 이거 쓸텐데 잘못 써봐
너희가 사장이면 뽑겠니?

B교수

결국 나도 1년을 버티다가

부모님께 또 손을 벌렸다.

등골 브레이킹..

이게 지금
무얼 위한 행동인지
헷갈리기 시작했다.

다시 힘들었다.

교수 추천으로 회사에 들어가거나

교수가 운영하는 회사에 들어가거나

어떻게든 취업을 목표하며

노력하는 아이들을 보며

그런 욕심과 열정 없는 내가

한심하게 여겨졌다.

또 힘들었다.

친해지기 위해
억지로 참석한 술자리 속
술게임들이 힘들었고

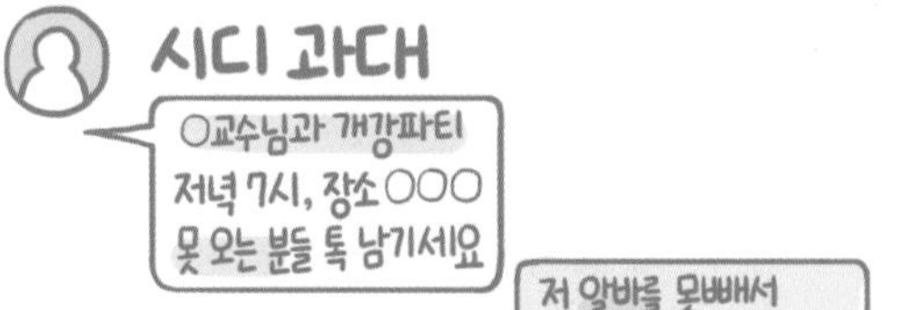

시디 과대
○교수님과 개강파티
저녁 7시, 장소 ○○○
못 오는 분들 톡 남기세요
저 알바를 못빼서
참석이 힘들것 같아요

교수님과 함께하는 술자리는
뭔지 모를 압박감에
도망다녔다.

나는 또 학교를 잘 다니지 못했다.

도대체 이렇게 다니면
얻는 게 뭐지?

졸업장?

나를 힘들게 하는 것은
이런 생각들이었다.

다들 그냥 순응하면서 사네
나만 힘든 건가 이런생활?

열 명 중에 아홉 명은 그냥 다니는데
난 뭐가 그리 힘들까?

난 아싸가 되었다.

아웃사이더

:일정한 테두리가 설정되어 있는 경우
그 테두리 밖에 있는 자

#008

내 자신감, 자존감

나는 아무것도 몰랐다.

정말 아무것도 몰랐다.

대학이라는 곳은 가기만 하면

내 미래가 어느 한 방향으로
착착 진행되는 줄 알았다.

고등학생 3년,
아니 어쩌면 20년 인생
목표가 대학이었기에

사회분위기 상

대학은

당연히 가야 하는 곳이기에

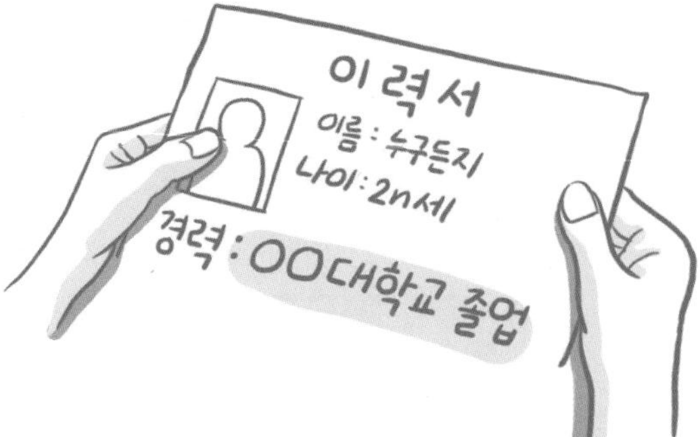

이 력 서
이름 : 누구든지
나이 : 2n세
경력 : OO대학교 졸업

졸업만 하면

호호호
역시 구나씨
디자인 실력이
너무 좋아~
크으~ 구나씨
하나를 알려주면
셋을 아네-!!

취업에 필요한 능력들이
모두 갖춰지는 곳이라 생각했다.

그러나 대학은 그런 곳이 아니었다.

우리는 수업시간에 툴을 알려줄 시간이 없어
그런건 너희가 과제를 하다 보면 자연~스레 늘어.
나는 따로 학원 다니는 애들이 이해가 안 가더라.
공부는 교과서로 해도 충분하다는 말의 대학 ver
교수

다시 또 달려야 했다.

디자이너 작품처럼
완성도를 높이고 싶은데
디자이너
작품
과 제

목표라 생각하고 열심히 달렸는데
더, 더욱더 잘 해내기 위해

과제만으로 퀄리티를
어떻게 높이는 거지?
디자이너
작품
과 제

또 달려야 했다.

뭉게

이런 완성도를 가지고 다들 취업한다고?
이걸로 졸업한다고 어디서 날 뽑을까?
근데 난 취업할 마음은 있는걸까
교수랑 친한애들은 추천받아 취업하던데
난 이제 뭐를 준비해야 하지?

뭉게

꿈과 목표들로
눈이 반짝거리는 사람들을 만나면
더 작아졌다.

자신감도 자존감도 사라져갔다.

#009

알바 전전기

졸업이 무서웠다.

이게 뭐야
쓰레기야
이렇게 해서
졸업을 어케해
야작
...

이 과를 졸업하고 어떤 일을 할 수 있지,
원하는 일은 할 수 있는 걸까, 고민됐다.

내가 원하는 일이란 뭐지..

나에겐 그것을 고민할 시간이 필요했고

휴학하고 싶습니다.
놀고 싶.. 아니 쉬고싶습니다.
왜냐.
뭔 개소리냐..

휴식이 필요했다.

부모님께 이런 감정들을
말씀드리가 죄송해서
그냥 쉬고 싶고 놀고 싶다고 했다가
용돈이 끊겼지만 ㅋㅋ

휴학은 허락받음!

그래서 휴학을 하면서도

이건가?
이건가?

늘 내가 무얼해야 하고
할 수 있는지 고민했다.

길어지는 고민과
휴학이 끝나가고
아무것도 해결되거나, 이루지 못해 두려움
무얼해야 한다는 부담 속에

아자!
내 인생 20여 년
저축이란 걸 해보자 나년아
돈 모아서 할게 있다!

알바를 늘렸다.

기존에 하던 것은

다니던 미대입시학원

미술학원 보조강사

쌤! 저 봐주세요
아, 알았어~
쌤! 그 다음 저요~
학생
미술학원
학생

그림 스타일이 달라짐 TMI) 사고의 전환 → 기초디자인

입시유형이 바뀌어

적응하기 힘들었지만

비교적 다닐 만하고 시급이 높았다.

앞으로 다니는 알바들을
돌아보고 느낀 감정

저녁 알바인 학원 말고
편의점 알바를 시작했다.

낮근무 (AM8~PM3:00)

부모님 슈퍼에서
카운터(캐셔)만 몇 년인데
가끔 일 도와드림
처음하는 알바로
적응하기 좋겠지?

젊은 사장님이 친근하게
일을 알려주셨다.

20대 후반이셨는데
알바생들과 형제 처럼 지내려 함

슈퍼는 이런 포스 안 써서
처음 보지?
적응하면 쉬워
아, 신기해요!
계산하는 기계
사장

문제는 여름에 알게 되었다.

여름이 찾아온 6월 말
문득 느끼기에도 매장 안이 더웠다.

사장님께 전화

사장님, 더운데 혹시 에어컨 틀 수 있을까요?
아 그래? 더워? 아직 틀기 좀 그런데...
너무 더우면 냉장고 앞에 가 있어~
네.. 네?

어이없었지만 아직 6월이니
이해하기로 했다.

약 2주를 더울 때마다
양쪽 문 활짝 열고
통하는 바람으로 견뎠다.

문소리를 못듣게 되니
도둑 들까봐 자주 못하게 됨

그러다 하루는 손님이 돌아와,
구입한 초콜릿이 다 녹았다며
화를 내셔서
죄송하고 화가 났다.

손님에게
사장에게

아니, 초콜릿이
이렇게 죽이되면
어떻게 먹으라는 거예요?!
손님
죄송합니다
환불 해 드릴게요ㅠㅠ
화내고나니 미안하셨는지
덥지 않냐며 위로해 주심
(좋은 기억 꺼내기)

나는 곧장 에어컨을 틀어보려 시도했지만
전원 자체가
연결이 안 되어 있었다.

사장님, 초콜렛이 녹는 날씨에요
틀어야 될 것 같은데ㅠㅠ

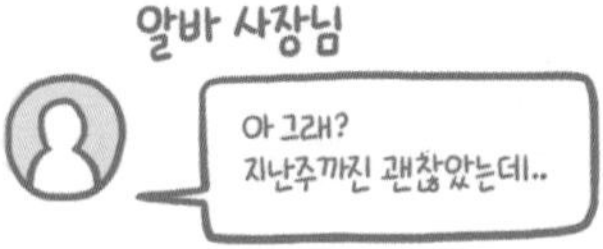
알바 사장님
아 그래?
지난주까진 괜찮았는데..

사장은 다음날
웃으며

선풍기를 가져왔다.

너무 화가 나서
어째야 하나 고민하던 중
냉장고 수리기사님이
왜 이렇게 덥냐며
전원을 찾아 연결해주셔서

냉장고가 이상해서
수리하러 오심

은인

너무 더울 때 한두 시간만 틀고
사장님 자주 오는 시간은 피합시다

나를 중심으로
알바생들이 구전하여ㅋㅋ
에어컨 몰래 쓰기함.

(입에서 입으로)

몰래 사용한다는
도둑질 한것같은 마음에
불안함도 생기고

최저 5200원일 때
4200원 받음

어차피 최저시급도 못받고
일하는데 뭐
다른일 찾아보지 뭐

이런 홧김에
알바를 그만뒀다.

#010

덕분에 미술했어

카페 알바 지원했다 떨어짐 ㅎㅎ

다른 알바도 잘 안 구해지고
학원 알바도 회의감이 들어
3년만에 그만두었다.

부당하다 생각되면
못견디겠는데 어쩌지?
나같은 애를
받아주는 상사는 없겠지 ....
어떻게 견디고 다닐 수 있을까

내가 잘할수있는 게
없을 수도 있겠다

이런 자책과 우울감만 얻은 채
복학하게 되었다.

목표 : 있는 듯 없는듯
없는 듯 있기

아무도 나한테 말 안 걸었음 좋겠는데

팀작업이 많아서 스트레스

피해주면 안되니까

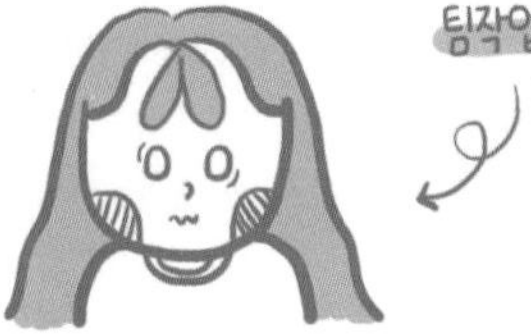

다시 또

아싸처럼 학교를 다녔다.

1년 만에 돌아온 학교에는
그사이 교수님 추천으로
인턴을 하거나 취업을 하고
취업계를 내고 사라진 사람들과
각각의 이유로 돌아온 사람

그 이상한 공기 그대로.

아니다
나만 그대론가?

내 20대를 버리는 느낌이 들었다.

인생 망한 기분인데
게임처럼 리셋할 수도 없고
상상만으로 리셋한다면 어디로 돌아갈까
이런 생각 해보기 현생이라 무의미

그러던 어느날
학교를 나오는데 누가 나를 불렀다.

너 혹시
구나 아니야?

드라마 한 장면인 줄

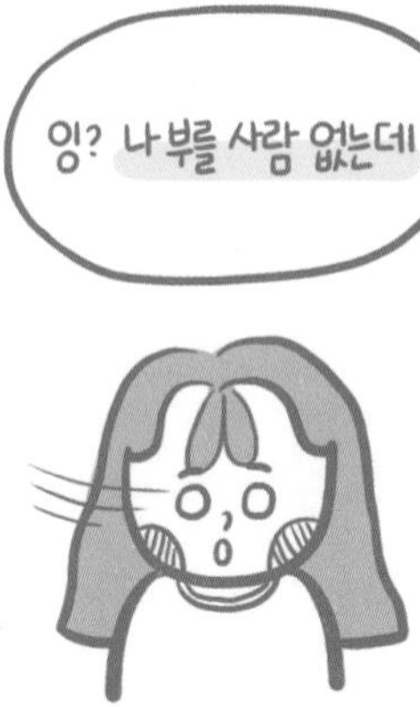
잉? 나 부를 사람 없는데

< 휙 돌아보는 느낌 표현 중 >

돌아보니
누가 날 부르는게 맞음

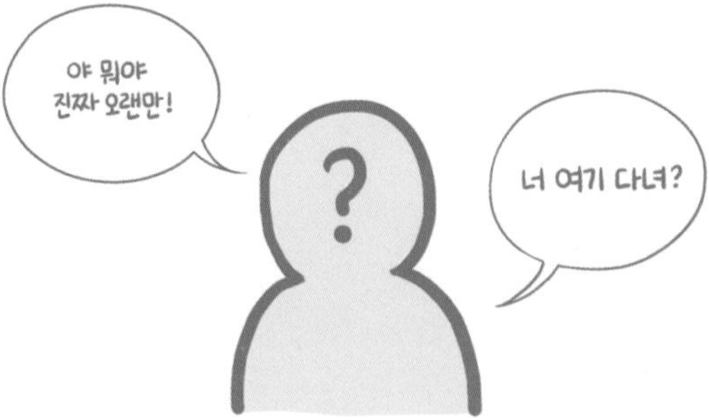
야 뭐야
진짜 오랜만!
?
너 여기 다녀?

거의 7년 만에 보는데
한눈에 알아봤다.

오…
내 다이어리야
이쁘지

중학교 때 다꾸를 알게 해준 아이
(다이어리 꾸미기)
그 친구였다.

이름 아는데
틀릴까봐 못부름 ㅋㅋㅋ
오! 오와 오랜만!
뭐야 너 여기 다녀?
아니ㅋㅋ 동생이 다니는데
전시 있다고 구경오래서~
아ㅋㅋ 짱신기하다~
뭐야 너 무슨 과야?
나, 시디~
시각디자인
오~ 미술했구나~

별로 가까웠던 사이가 아니어서
형식적인 대화만 함.

덕분에 미술했다 말하고 싶었는데
입 밖으로 말이 나오질 않았다.

그래 안녕~
엉, 그래 잘지내~
다시 볼것 같지않아서
또 보자는 소리를 안하게됨
잘.. 지내니?

내가 별로 잘 살고 있지 못했다.

집으로 오는 길

그날은 돌아오는 동안
좀 더 생각이 많았다.

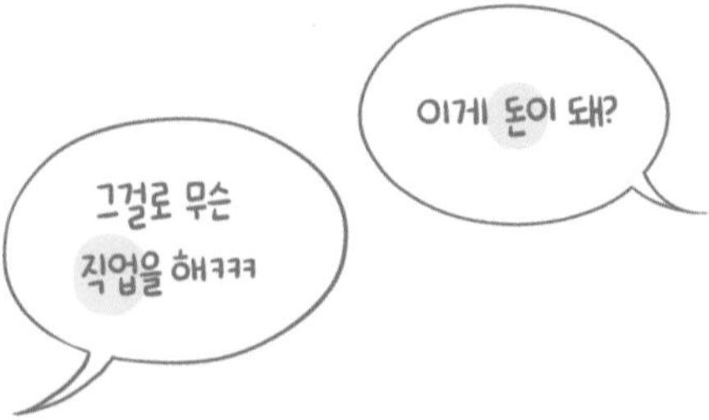
이게 돈이 돼?
그걸로 무슨 직업을 해ㅋㅋㅋ

까먹고 지냈다.
아니, 외면했다.

나는 원래 다이어리 꾸미다가
미술을 배웠고,
관련 일을 하고 싶은데
가족들은 이해해주지 않았고 인정받기 어려웠다.
단지 취미라고 치부했다.

다이어리 꾸미는 것으로 어떤 직업을 가질 수 있는지
나도 확신이 안 생겼기에
도통 부모님을 설득시킬 수 없다 생각했다.

나조차도 안정된 직업이
아니라고 생각하고 단념했다.

부모님은 말씀하셨다.

출퇴근 시간이 명확하고
정기적인 날짜에
정해진 급여를 주는 안정적인 곳

어쩌면
남들에게 드러내기 좋은 직업

물론 좋다는 것을 알지만

그렇지만
꼭 그래야만 할까?

내가 꿈꾸는 직업이 그러하지 못하면
나는 잘못된 길을 가는 걸까?

#011

휴학

내가 원하는 일을 찾든가
취업준비를 하든가
결론을 내고 돌아오리라.

나는 다시 휴학했다.

졸업유예와 취업공백의 고민 속에
나는 졸업유예를 결정했다.

졸업 후 취업준비로 인한 공백을 줄이기 위해
졸업을 미루고 스펙준비를 하는 것

학교수업 중 북디자인을
가장 즐겨했기에

오 좋아!

내가 만든 책 디자인

잡지, 책, 포스터 등 출력물 디자인

편집디자인을 배워보기로하고
부모님께 부탁해
전문학원을 등록했다.

각종 프로그램 툴 다루는 능력

이 시기에 스킬이 많이 늘었다.

쫓기듯 마음이 급한 나는
취업준비와 꿈을 찾는 과정을
동시에 준비하기로 다짐했다.

남들 다 있는 것이라길래
자격증도 준비해서 필기를 통과했다.
2년 안에 실기도 붙어야 함

그리고 알바를 시작했다
돈 모아서 다이어리 관련 일도
해보고 싶기에.

일사천리로 일식집에 들어갔다.

서빙은 처음이라 외울 것도 많고

포스가..
노래가..
청소가..
네?니요?
메뉴가
왜케 많냐..

해야 할 일도 많음을 느끼며
적응해 가는데

설거지
락교,초생강 준비
포장세팅
세팅!
청소!

나를 정말 힘들게 한
세 가지가 있었으니

첫째는 일의 양

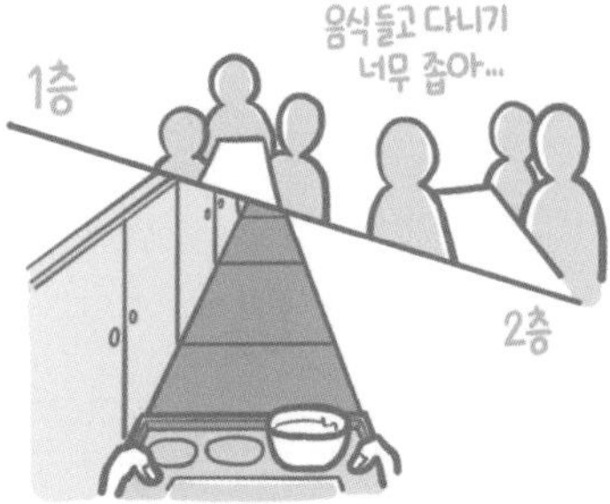
음식 들고 다니기
너무 좁아...
1층
2층

2층까지 점심 손님으로 가득인데

주방도 바쁘고 나도 정신 없는데

호호 그래요?
사장님

사장은
너무 여유로워

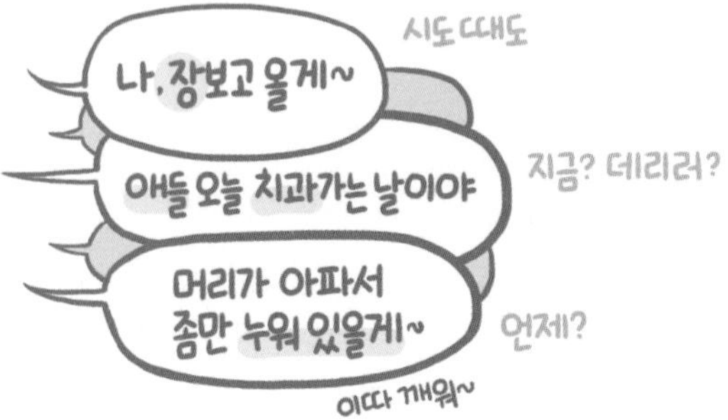
시도 때도
나, 장보고 올게~
얘들 오늘 치과가는 날이야
지금? 데리러?
머리가 아파서
좀만 누워 있을게~
언제?
이따 깨워~

본인이 도와주지 않을 거면
알바생 한 명 더 뽑길 바랐다.

그냥 내 바람..

두번째는
주방이모의 언어폭력

이분..
사장
(부인)
실장
(남편)
과장
팀장
주방이모

이모는 밑반찬과 재료손질
그리고 설거지를 담당하셨는데

그거 어디다 두게!
여기 가져와!
기름기 묻으니까
컵이랑 수저는 저기서
너가 씻는 거야
집에서 일 안해봤지?

과도하게 예민했다.

뒤에서 도와주는것이 있다고

일명 츤데레

하지만 막말은 막말

여기 두라더니 ...
이걸 여기두면 어떻게?!!
사람 다치게 할꺼야?
주방이모
기본자세
아직도 그러고 있어?
이거 치워야지~
컵은 니가 씻으라고요오~
그냥 그거두고 빨리 나가!
바뻐 죽겠는데 주방들어오지마!!
그럼 잔반은....
아드으을~
오늘 뭐해떠~
자취하는 아들과
영상통화 중

내 나이의 아들에겐

세상 다정하더라.

나도 누군가의 자식인데..

세번째는

음식 재활용과 원산지 속임

윽
잘못은 니네가 하는데
왜 내 양심이..
양심

꼭 설명하라더니

손님에게 한우라 설명하라던
초밥재료가 호주산이었고

<원산지표시>
··· 국내
··· 중국
소고기-국내
··· 국내
소고기(호주산)
사장(부부사기단) / 실장(허언)
이건 질이 워낙 좋아서 국내거랑 똑같아
/ 맞어 맞어. 우리가 좋은거 쓰니까~

잔반찬을 재사용하고

사장
손님들이 깨끗히 먹고 간 것은
물로 씻고 꽉 짜서 통에 옮겨놔~ 다시쓰게
락교
초생강
단무지
김치
깨끗하니까 통에 넣어놔.
네?
어머 이거
비싼 부위를 남겼네~
맛있는 부위야
너 먹어라
주방이모
모두 동조해서
결국 먹어봄

회를 재사용하진 않았지만
비싼 것이라며 나에게 권했다.

세상의 많은 좋은 곳을
모두 빗겨 만난
안좋은 곳이었겠지만

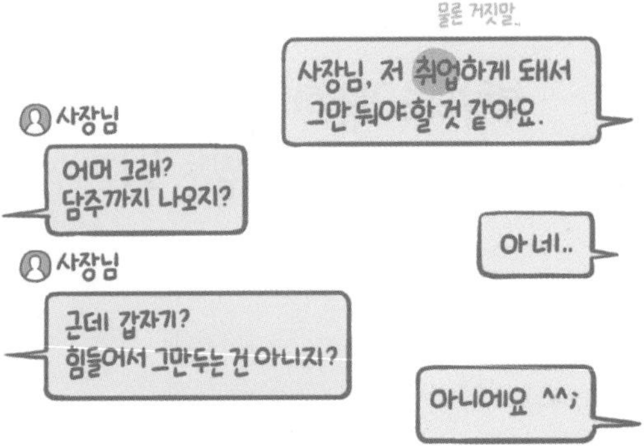
물론 거짓말..
사장님, 저 취업하게 돼서 그만 둬야할 것 같아요.
사장님
어머 그래? 담주까지 나오지?
아 네..
사장님
근데 갑자기? 힘들어서 그만두는 건 아니지?
아니에요 ^^;

나는 한달만에
알바를 그만두었다.

얼마있으니 아는 분이 디자인
외주 작업을 요청해왔다.

오.. 실전이다..
감격...

부탁으로 그냥 해주는 것이 아닌
정당한 대가를 받는 것!

디자인은 내가 배웠지만
디자인에 대한 주장이 어려운

이 때 나는 그동안 얘기만 들어온
디자이너와 클라이언트의
의사소통을 경험하게 되었다.

그런 소통

오 좋아요!
이것만 수정해주세요
좋다면서 벌써 몇번..째
이 사진
넣어주세요!
아. 화질이..
저작권이..
강한 글씨체 없을까요,
고딕같은 것 있잖아요?
아, 그게 지금 고딕이긴 한데
다른 종류 찾아볼게요...
여긴 어디
나는 누구

너무 좋아요!
이걸로 할게요!
강한폰트!
주제는..
의도는..
무엇..
어디..
내가 했다고
안했음 좋겠다..

#012

진짜 내 것이란?

나는 이 혼란의 시기에

U-TUBE 동영상 사이트로

포토샵 아트워크를 공부했다.

ARTWORK

짱이야

이때 또 매일 밤샘ㅋㅋ 학원보다 재밌어.

실력도 궁금하고

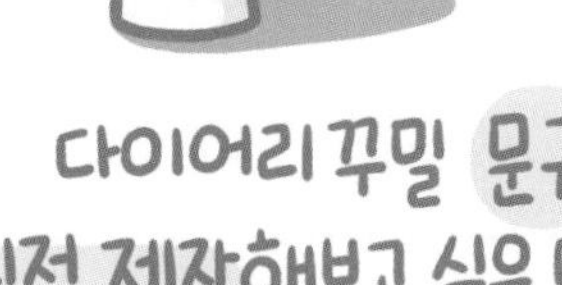
사람들이
내 디자인을
좋아할까?
궁금해.

다이어리 꾸밀 문구도

직접 제작해보고 싶은 마음에

해서 만들었다!

마스킹테이프(마테)와
떡 메모지(떡메) 세트!

열심히 포장하고

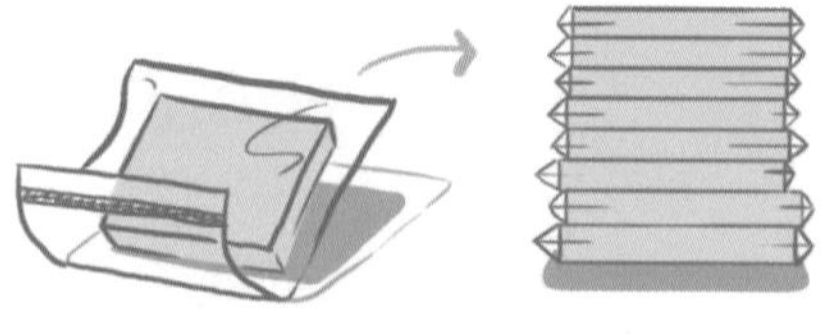

그냥 팔면 안 된다고 들어서

사업자 등록증
사업자:
주소:

개인 사업자도 등록

그리고 플리마켓 등으로
판매도 다녔다.

작지만 하나둘 반응도 보이니
신기하기도하고 위로도 됐다.

더 팔리면 이 일을 직업으로 가져볼까

이쁘네
맘에 들어
우와..
사주다니
팔리다니

포토샵 아트워크 연습용 소스들

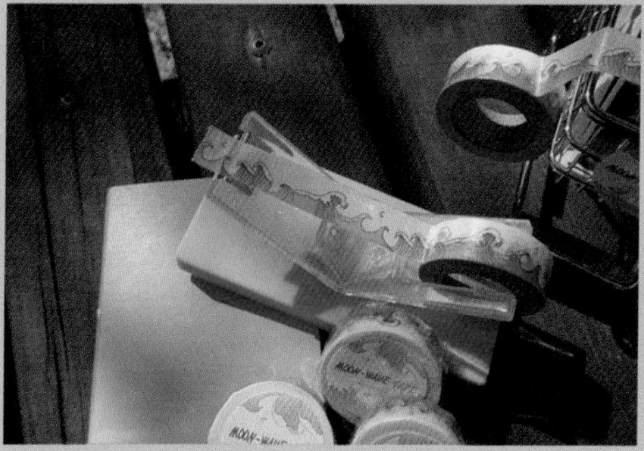

자릿값 빼니
남는 게 없네..
다른 판매 방법도
생각해봐야겠어.

사실 별로 잘 되진 않았다.
자릿값보다 못팔 때가 많았다.

그런데도 좋았다.
시작한 기분

누군가에게
쫓기듯 하지 않고
내 것을 하고 있구나 싶은.

하고 싶다는 마음 하나로
여기까지 진행시킨 나 자신을
조금은 대견하다 느꼈다.

#013

하아…
그놈의 취업

부모님은 매일같이

이제 취미는 그만하고

취업을 해야 하지 않겠냐

물어보시고

딸~ 취업언제해?
엄마는 그걸 왜
돈주고 사는지 모르겠다~
아줌마라 그런가~

나도 뭔가 잘되서 말씀드리고 싶은데
처음부터 잘해낼 수 없어
좀만 더 시간을 줘..
라고 말은 해보지만
너무 쫓기는 맘이 든다.

떨어지는 자신감

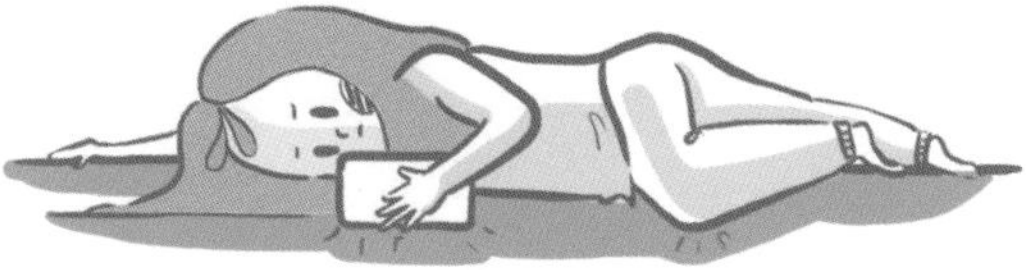

하나둘 취뽀 한 친구들

취업뽀개기 : 취업성공

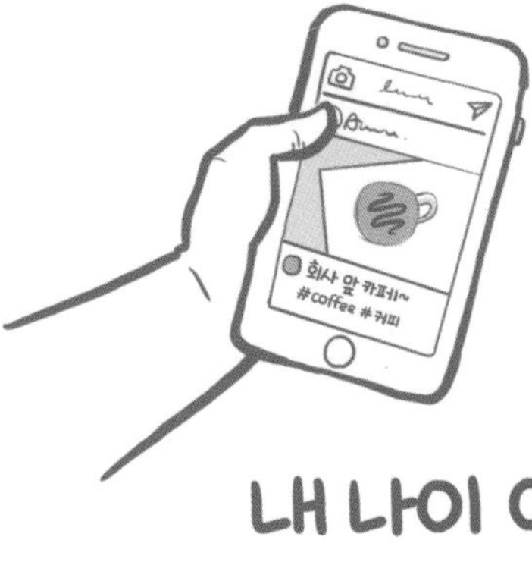
회사 앞 카페~
#coffee #커피

내 나이 이십오

내가 직장을 다닐수 있을까

고민이 있을 땐 친구를 만난다.

SSIN
야, 누구나 나와 -
ㄴ내 이름
달려 -
크으으 -
ㄴ콜라
벌써?
12년 친구
SSIN

취업준비생

나를 위로하는 씬이도 취·준이다
그렇지만 나와 달랐다.

나도 너처럼
머리 기를까?
SSIN
응, 제발

꿀 TIP!

나처럼 과가 적성은 아니었지만
학생회 활동도 해가며
학교를 무사히 졸업하고
'취성패'를 통해
학원을 다니는 중이었다.

전공과 다른 방향

취업성공패키지:
고용노동부에서 지원하는 개인 맞춤형 일자리 지원프로그램

그리고 현재 취·뽀

취업 뽀개기

너, 또
머리 잘랐네!
응ㅋㅋㅋㅋ
못길러 못길러ㅋㅋㅋ
현재.
돈 버는 언니
치킨 잘 사줌 :)

이 일도 적성은 아니라지만
역시 잘 적응해서 다니고 있다.

딱히
적성은 아니지만

잘 적응해야 하는 것

그것이 직장인가?

하고 싶은 일을 하려는 것은
너무 막연한 생각일까?

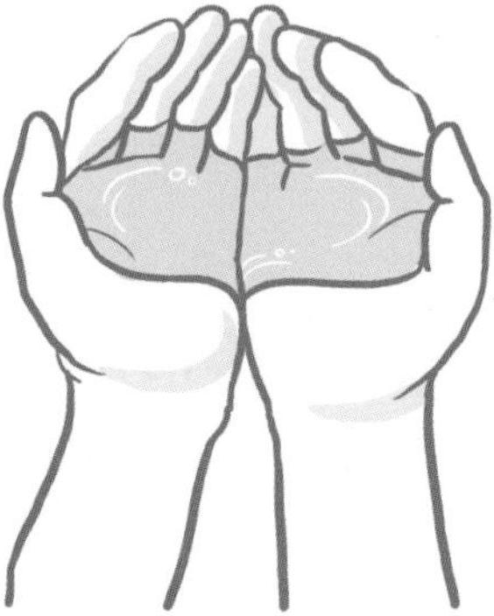

사실
내가 지금 아둥바둥 하고 있는 것들은
이력서에 경력 한 줄
적을 수 가 없다.

대졸도 아직 아니니 고졸에

토익토플은커녕

자격증도 실기 아직 못봤고

면허도 자격증이라지만

장롱면허 5년째.

뭐라도 적어보려고
찾다찾다 발견

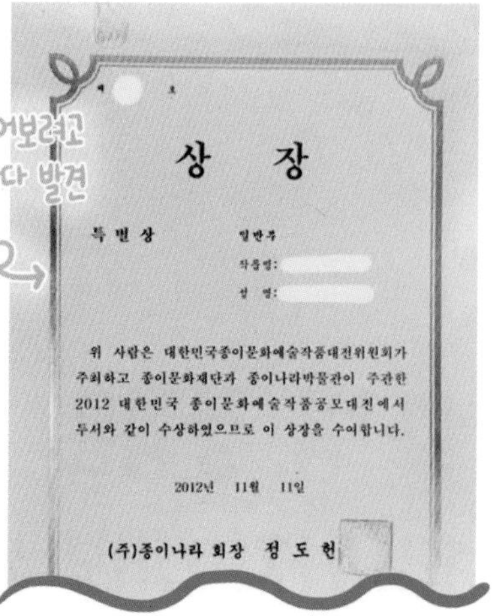
제 호

상 장

특별상 일반부

작품명:

성 명:

위 사람은 대한민국종이문화예술작품대전위원회가 주최하고 종이문화재단과 종이나라박물관이 주관한 2012 대한민국 종이문화예술작품공모대전에서 두서와 같이 수상하였으므로 이 상장을 수여합니다.

2012년 11월 11일

(주)종이나라 회장 정 도 헌

스무살, 과제로 냈던
종이나라 주관 공모전에서 받은
'특별상' 이거라도
적으면 도움이 되려나?

나름, 경험은 여러 가지 해봤는데

담지 않은 내용들도 많으니

경력 한 줄,
자기소개서 한 단락
포함시킬 수 있는 경험은 될수 없다.

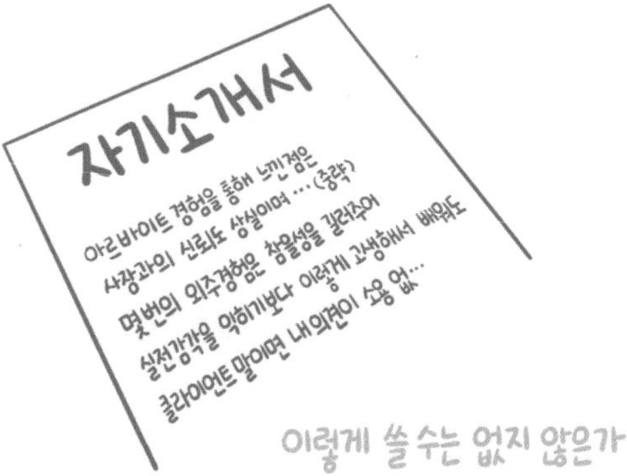
자기소개서
아르바이트 경험을 통해 느낀점은
사장과의 신뢰도 상실이며 … (중략)
몇번의 외주경험은 창을성을 길러주어
실전감각을 익히기보다 이렇게 고생해서 배워도
클라이언트 말이면 내의견이 소용 없…
이렇게 쓸 수는 없지 않은가

늘 무언가 도전했지만
실패했고

솔직히 뭐가 성공인지
나도 기준을 모르겠다.

실패는 성공의 어머니라더니
실패가 쌓이니 성공이고 뭐고
자신감만 상실했다.

나도 인생이 처음이라
이제 무언가 찾으려는 만큼
시간이 좀 더 필요한데

아직 두려운데

빨리 독립하는 게 먼저인 걸까

딸 졸업했어?
그럼 취업은?
딸이 디자인한댔지? 누구딸! 거기 들어갔다던데~
우리 애는 뭐~ 취업했으니 이제 결혼만 남았지~

아빠 용돈 언제 줘?
= 취업 언제 할꺼야~?
에이, 뭐 알아보고있겠지~
= 찾아는 보고 있는거지?

#014

면접

정말 나는 이렇게
의욕없는 아이가 아니었는데

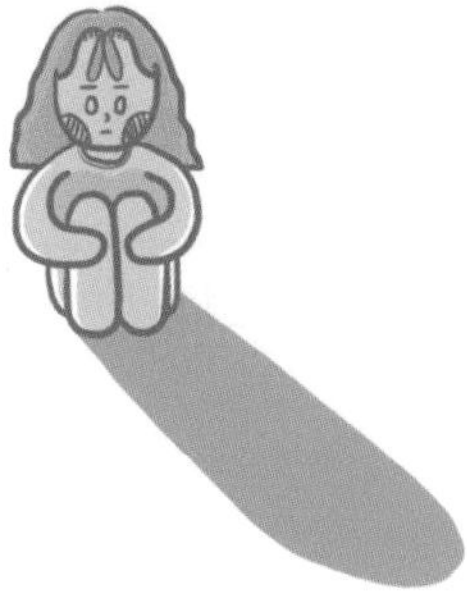

친구들은 어떻게
이것들을 참고 취직을 하지…?

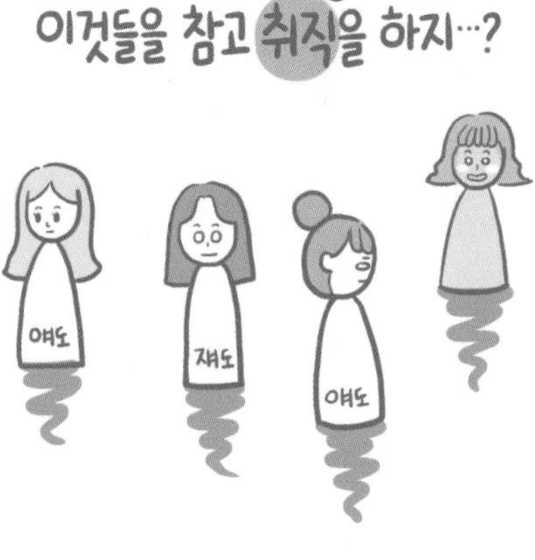

얘도
걔도
얘도

난 그냥 초중고를 다니듯
대학에 와버렸는데

아 높네,
하나-둘! 어? 너 어디가?
대
고
중
초
난 안갈래
간혹 안가는 친구
(일단 내 주변엔 없음)

졸업을 하면 당연히
취업을 하는 건가?

아니, 누가 시켜주나?
내가 해야 하는 건데

하루가 다르게 사회생활의
민낯들이 쏟아져 나오는
요즘같은 세상에

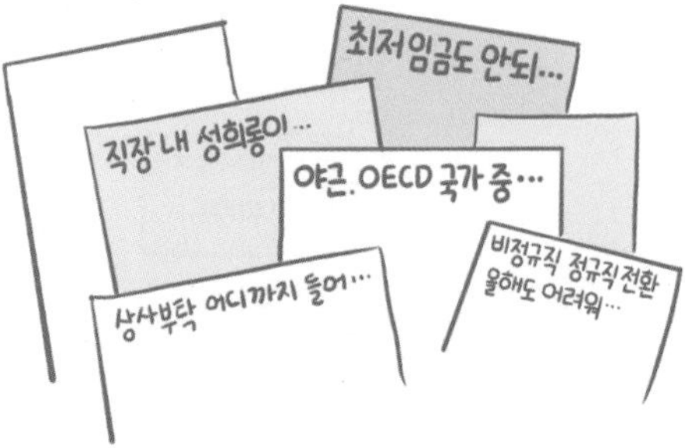
최저임금도 안되…
직장 내 성희롱이…
야근. OECD 국가 중…
비정규직 정규직전환
올해도 어려워…
상사부탁 어디까지 들어…

찌르면 봇물터지듯
흘러나오는 걸 보면

나..
나 말이야..
나 사실..

어쩌면 다들 버티고 있는 건가 봐.

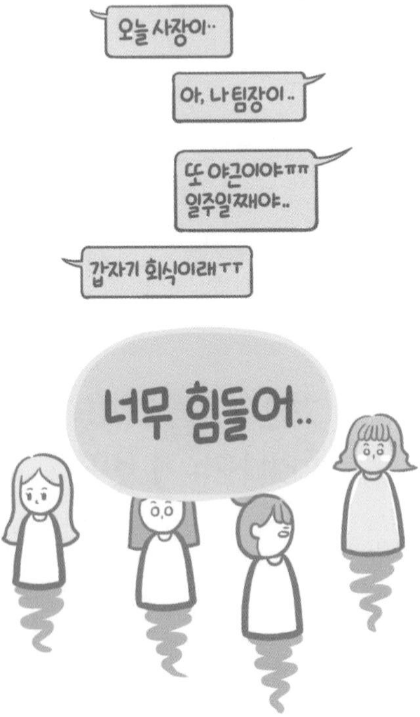
오늘 사장이..
아, 나 팀장이..
또 야근이야ㅠㅠ
일주일째야..
갑자기 회식이래ㅜㅜ
너무 힘들어..

그래, 취업을 한다 쳐보자.

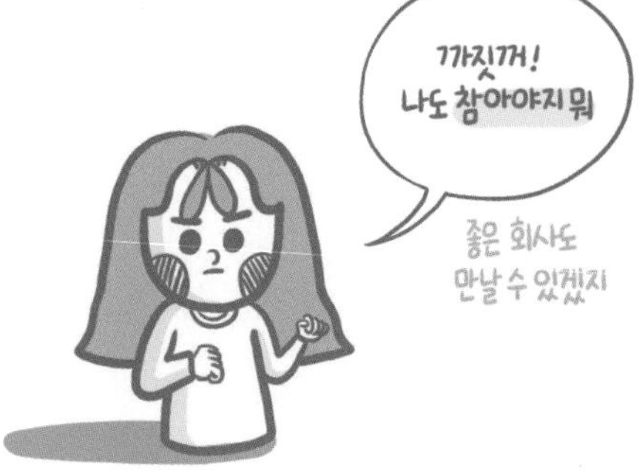
까짓꺼!
나도 참아야지 뭐
좋은 회사도
만날 수 있겠지

나는 언제까지
버틸 수 있을까

그런 나는
행복할까?

일단
취업은 해봐야겠다
마음먹었다.

취업준비
최종단계
포·폴 준비반

시디과를 들어왔으니
포·폴은 준비해야겠지?

포트폴리오

자격증, 포트폴리오
기타 등등
남들 다 있는 것은
나도 있어야겠지?
없으면 흠이니까
이걸 다 언제 챙기냐

그러던 와중, 엄마가

불쑥
채용공고
CG디자인
야, 이거 지원하면 너 듣고 싶다던 워크샵 돈 내줄게!
오? 콜!

나에게 제안을 함

자세히보니
내가 그동안 배워오고 준비했던
편집디자인이 아닌

채용공고

영상관련 디자이너 모집

편집 디자인과 다른 디자인의
차이를 잘 모르시던 엄마는

'지원자격'이라는 칸에
포토샵·일러스트
내가 다루는 프로그램이 있자
너도 한번 지원해보라며
알려주신 것이라 했다.

엄마의 마음이 급하게 다가왔다.

취업하길 이렇게 바라는구나..

사실 내 입장에서는 약간이 아니었지만 ㅋㅋ

약간은 다른 분야이기도 하고
어차피 난 준비가 덜 되었기에
그동안 하던 작업물을 추려서

그냥 묶어서 포트폴리오.pdf

MAIL
제목 : 디자이너 지원-누구나
내용 : 자기소개서(양식).hwp
포트폴리오(누구나).pdf
보내기
안되겠지 뭐

그냥 보내버렸다.

패턴디자인 수업

덕분에 듣게된 워크샵은
너무너무 좋았다.

배우고 싶은 것을 배우니
정말 너무 행복했다.
학교에서 이런 걸 배웠다면
야작도 행복했을 것 같은 상상

그것은 상상

그래, 이상하게
너무 좋다 그랬다.

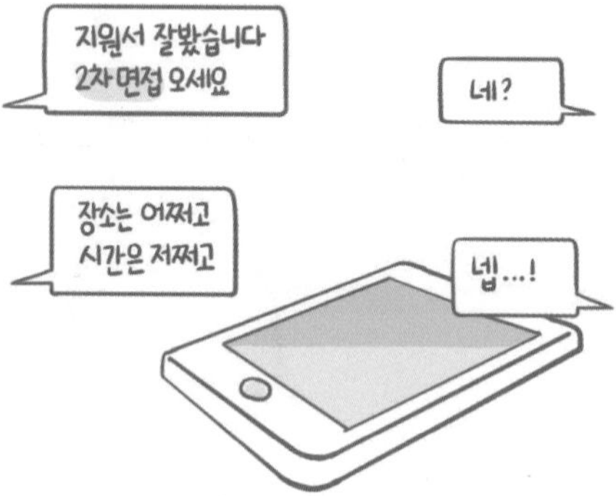
지원서 잘봤습니다
2차 면접 오세요
네?
장소는 어쩌고
시간은 저쩌고
넵...!

그렇게 갑자기 면접을 보러가게 되었다.

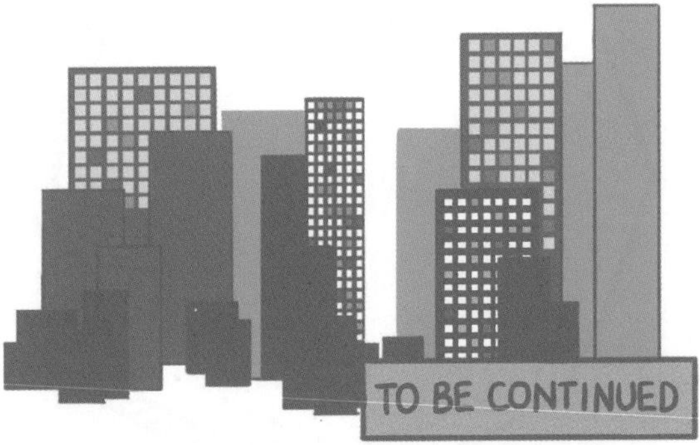
TO BE CONTINUED

#015

버티기

내가 준비한 것이라곤
갑자기 검색해본 회사에 대한 정보.

음, 어쩌지
뭘 물어보려나
JOB

아무리 찾아도 정보가 너무 없었지만

모집하던 디자이너가 하는 일과
필요한 능력 알아보기.

CG디자이너
준비하는 사람 많구나..
내가 1차 합격이라니

2차 면접을 갔는데 처음이라
다른 곳들은 어떤지 모르겠지만

안녕하세요!
연락드린 팀장이에요
아, 안녕하세요!

차장님, 국장님과 1대1면접에
팀장님이 함께 했다.

차장
팀장

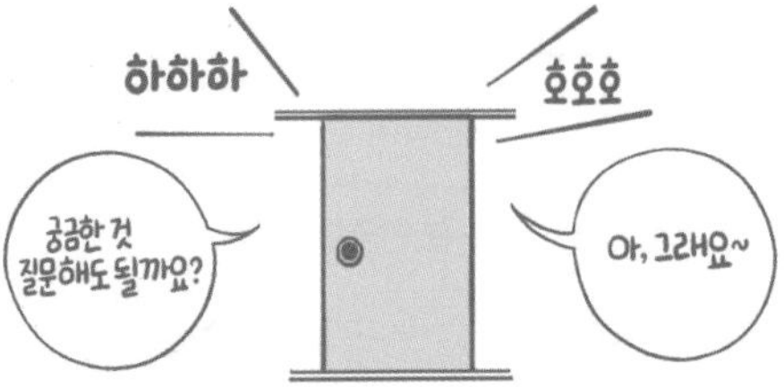
하하하
호호호
궁금한 것
질문해도 될까요?
아, 그래요~

나말고 면접자 한 분이 더 있었는데
열심히 준비해오신 것 같았다.

다른건 몰라도
저분이 됐음 좋겠다

실기테스트까지 면접을 마치고
도망치듯 빠져나왔다.

잘 있어라
좋은 경험이었다
면접비

그런데 연락이 안 온다.

MOM
연락 안왔어?
응…

되든 안 되든 연락을 줘야
나도 뭘 하든지 말든지

복학?
포폴?
알바?
쉴까?

여기는 탈락을 이런 식으로 통보하나?

그리고 한 달쯤 뒤에서야

연락이 늦어 죄송해요
아쉽지만 다음에 …

떨어졌다는 연락이 왔다.

인생.. 실패만
몇 번째인가

추측은 했지만

막상 떨어지니 기분상함.

그것도 시간차가 너무한 거 아님?

2주 정도 지났을까.

니가 기계냐
내가 기계냐
포트폴리오
마무리 수업 듣는 중

다시 연락이 왔다.

구나씨
잘 지냈어요?
다름이 아니라..
네..?

지금 취업하지 않았다면
입사하지 않겠냐는 연락.

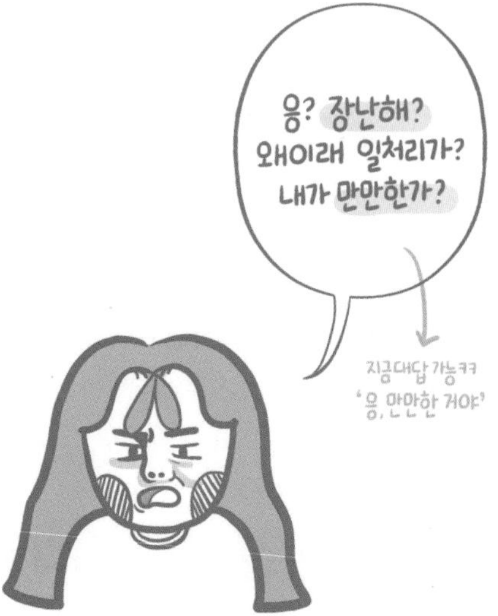
응? 장난해?
왜이래 일처리가?
내가 만만한가?
지금대답 가능ㅋㅋ
'응, 만만한 거야'

나한테 왜 그럴까

식사 중이던 부모님께
이 소식을 알렸는데

오?
어-?
MOM
DAD

이런 방식도 취업이라고

축하해~
한턱 쏴야지~

은근(이라 쓰고 대놓고) 기다리던 첫 취직
좋아하시는 모습이 선하다.

아, 그래
내가 또 취업을
언제 이렇게 쉽게 할까
하는 생각이 들었다.

1, 2차 면접도
힘들었던 실기테스트도
또 하기 고통스럽다.

자기소개서는
점점 자소설이
되어간다.

어쩌면 마지막으로
자격증도 졸업증도 없이
취업할 수 있는 기회

경력은 1년부터 인정이라는데
그래, 1년만 눈감고!

1년만, 눈 감고..

생각해 보셨나요?

연락이 한 번 더 오고
나는 이틀 정도 고민 후
알겠다고 보냈다.

일주일 남았다
나.. 잘할수있을까?

아니, 나 잘 버틸 수 있을까

반명함이 필요해서
사진관으로 향했다.

동네에서 제일유명한 사진관
총총총

촬영 전 거울보고 수정할꺼 하라길래

고데기?

한번더 고정해볼까 해서
짱짱히 말았는데

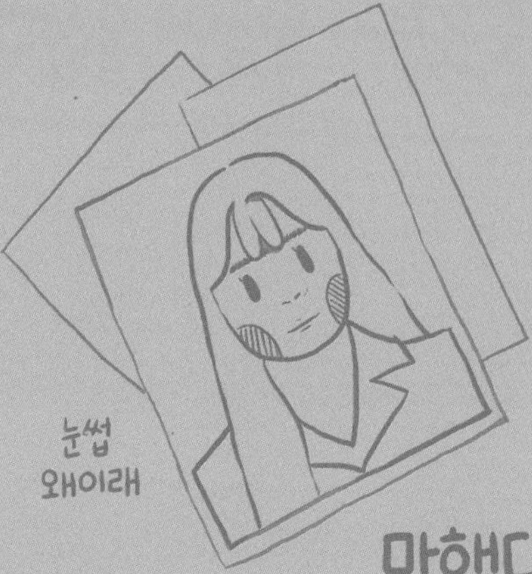
눈썹
왜이래

망했다.

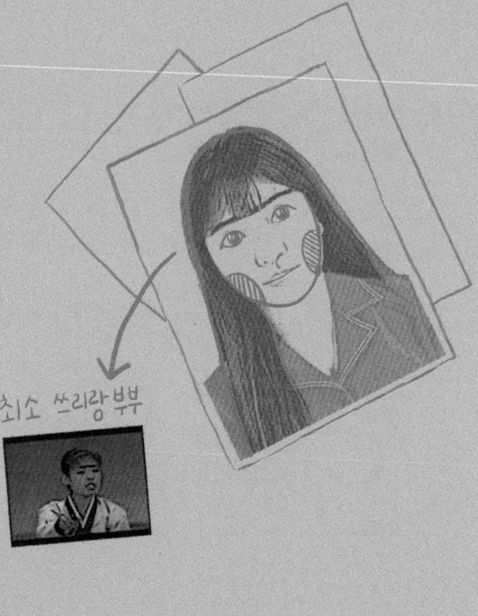
최소 쓰리랑 부부

나도 웃겨서 톡방에 올렸다.

떡밥이다 물어라 얘드라
이거 왜이럴까
ㅁㅊ ㅋㅋㅋㅋ
김 붙였냐 ㅋㅋㅋㅋ
그, 개그맨 김미화 ㅋㅋㅋㅋ 똑같ㅋㅋ

평생 놀림감 자진기부

웃을 거리도 없는데 이렇게라도 웃으렴

내 한몸 희생해서..
아 근데
이거 내도 되나
사진 어따쓰지?

근데 엄마가 너무 좋아해서 기분이 좀 나빠지는 걸?

악ㅋㅋㅋㅋ 너무웃겨ㅋㅋㅋ
힘들때 꺼내봐야겠다
ㅋㅋㅋㅋㅋ 눈물나ㅋㅋㅋ
이걸 그냥 가지고 왔어?
거기에 따져야지~
묘하게 기분상한다
저반응.....

#016

집에 가고 싶다

얼마 뒤 첫출근 길

bag

회사 앞에 도착했다.

몇 층 안되는데
크게 보이는 마법

드라마 보면 주인공들이 오버해서
심호흡하고 그러던데
그게 어떤 기분인지 알 것 같다.

아직 안들어갔는데 집에 가고싶다

아 무섭다 집에 가고싶다. 들어가면 인사는 어떻게
해야하지, 오늘부터
거야. 그러면 나는
뭐하지? 사수가 있
나 방송 한번밖에 안
봤는데 물어보면 무
디자인을 시키긴 하겠지?
내 디자인이 수준이
방송에 써먹을 가치가
있긴할까, 그러
그래 그래서 뽑았겠
지. 하 다 어른
할 수 있을까

이제 시작이다

017

인간에 대한 환멸을 느낌

이런 저런 고민을 하면서
회사로 들어갔다.

무슨 일로 오셨죠?
아저... 오늘 입사하기로 한..
쭈뼛
쭈뼛

아, 이름이..
네, 5층! 5층으로 가요.
허허. 앞으로 많이 물어볼거야~
네, 누구나입니다.
아 네ㅎㅎㅎ (긁적)
경비
왠지
아빠 같다..
세분 더 계심(교대근무)

경비아저씨 덕분에 첫인상이 좋았다

올라가면 된다셔서 왔는데
여기 먼저가 아니란다.

아 반가워요 -
인사과는 벌써 갔다왔어요?
안녕하... 네? 니요?
차장
어느새
술잔 받히듯 받히고있는 손

그래서 인사과를 가서 서류를 정리하는데
부장님이 나에게 묻더니

아니, 말했었잖아요
모르셨어요? 신입을 왜 바로 거기를 보내
헐, 나때문인가?
오면 된것 아닌가?
왜 전화까지..

바로 경비실에 연락해 다그치셨다.

아, 경비아저씨 인상 되게 좋으셨는데 맘 안좋으시겠다.
내가 뭐 돌아오느라 30분이 늦었어 한시간이 늦었어 그걸 꼭
지적해야 맘이 풀릴까, 사회가 이런 걸까 여기가 이런 걸까
확실한 건 이 사람은 정말 별루다, 피할 수 있으면 피해야지.
마음이 너무 좋지않았다.

정말 다양한 경험들을 했다.

이해할 수 없는 일들을 겪었지만
이해하는 척

최소한
이해해보려 노력하는 척 했다.

그럼에도 이해할 수 없는 것들은
내가 아직도 어려서일까..

내 감정이
사라져가는 게 느껴졌다.

다른 사람의 행동이
당신 내면의 평화를
파괴하게 두지 마라.

_달라이 라마

- 2부 -

니트가 되어가는 과정

#018

멋진 사람

첫 퇴근 후 집으로 가는길

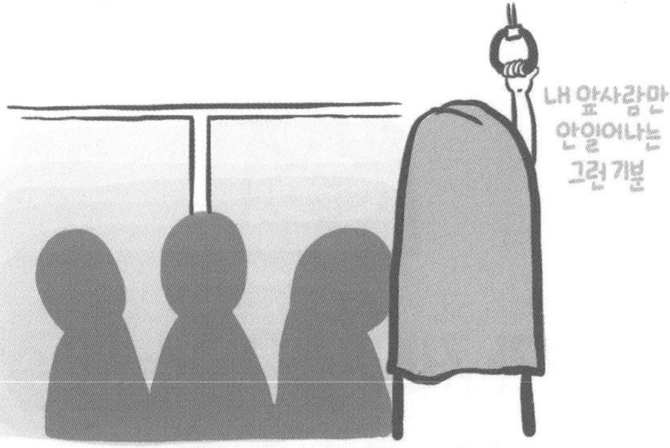
내 앞사람만
안일어나는
그런 기분

나는 그저 출근과 퇴근인데 해가 지네..

방으로 돌아온 나는

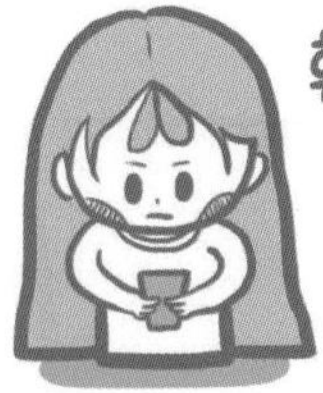
후.. 할까말까

내가 제일 싫어하는 일 중
하나를 하려한다.

바로 (평소 연락없다가) 필요할 때만 연락하기

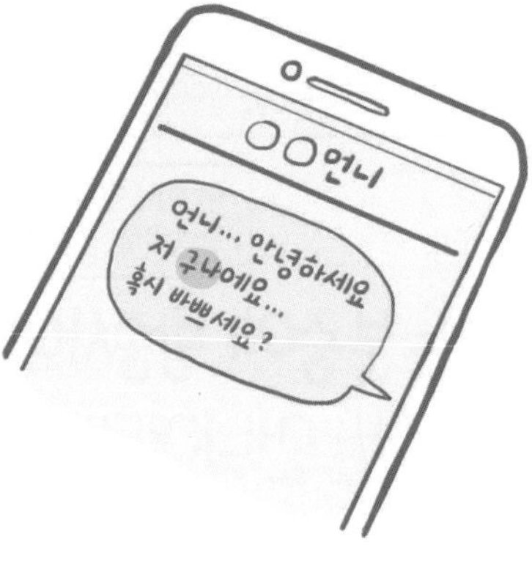
○○언니
언니… 안녕하세요
저 구나예요…
혹시 바쁘세요?

처음 쓰는 아무리 생각해도
회사프로그램이 걱정이다.

○○ 언니

어머, 구나야 오랜만이야!
나 지금 안바빠~ 무슨 일이야

아 언니 이렇게 연락해서
죄송해요ㅠㅠ 저 사실..

아는 분 중에 방송사에서
영상작업하는 언니에게 연락했다.

언니는 갑자기 연락한 나에게
엄청난 용기와 응원을 주었다.

우와 취업 축하해!
ㅋㅋ같은 일을하겠구나 이제
니가 말한 프로그램은 우리는 안 써
조금 예전 프로그램인데, 쓰다 보면
생각보다 쉬울거야 걱정마~
너 에펙할줄…
거기 다녀본애가 있…
전화해줌ㅠㅠ
나 일년만에 연락했는데…
이렇게 안친했는데…
왕감동ㅠㅠ 엉엉
따뜻한 것

이 언니를 계기로 내 가치관에 변화가 하나 있다면

아 언니 너무 고마워요ㅠㅠ
이렇게 잘 알려주다니 감격ㅠㅠ
우리 언제 봐요 커피라도 한잔..

그러게~ 담달엔 시간 되니까 꼭 보자~
그리고 사주긴 뭘 사 돈도 없으면서ㅋㅋ
동생들 보면 잘해줘ㅋㅋ

멋진 언니, 누나가 될거야

왕 멋있고 짱 멋있어
멋있는 게 짱이야
나도 멋있는 사람이 될거야

이렇게 돈 있을 때마다 동생들 커피 사주고
택시비 내주다 개털이 되는데..
<주의 : 멋짐도 능력될 때 부리자>

#019

복잡한 마음

입사한 지 삼일째,

아, 안녕하세요...

출근해 보니
오늘 분위기는 이상하다

차장님 아버님이 돌아가셨다는
이야기를 하시며

장례식장이 경상도 라니까
나랑 다른 차장님만
일찍 퇴근하고 다녀올거야
팀장

팀장님만 대표로 간다고 했다.

바로 윗선배

조금 지나자 막내선배가
봉투를 쓰윽 내밀더니

아..

'오만 원만 넣어요' 했다.

현금이 없어서 뽑으러 가는 길

너 돈있잖아?
이렇게
숨좀 쉬는거지 뭐ㅋㅋ
3일차
6개월차
7개월차

회사막내 세 명(25세)

나는 또 엄마에게
연락해서 받았다

솔직히

'아, 나 들어온 지
3일밖에 안됐는데'

이런 생각이 제일 컸다.

어쩌면 나는 회사를 오래 다닐 생각이
전혀 없었을지도 모르겠다

여러 생각이 스친다.

엄마
보냈어~
월급받으면
경조사비도
생각 해야겠네

그래, 앞으로
이럴 일이 많겠지?

월급 얼마 되지도 않은데..

#020

한번 버텨보시지

생각은 했었지만, 회사생활은
매일 나에게
'이것도 버틸 수 있어?'라며
퀘스트를 던져주는 것 같았다.

어서와, 직장은 처음이지?
수행할 퀘스트
너의 인내력은 어디까지 일까?
보상 : 월급 + 또 다른 퀘스트
직장 생활
대화 그만하고 퇴사
OK
아는 게임 : 메이플

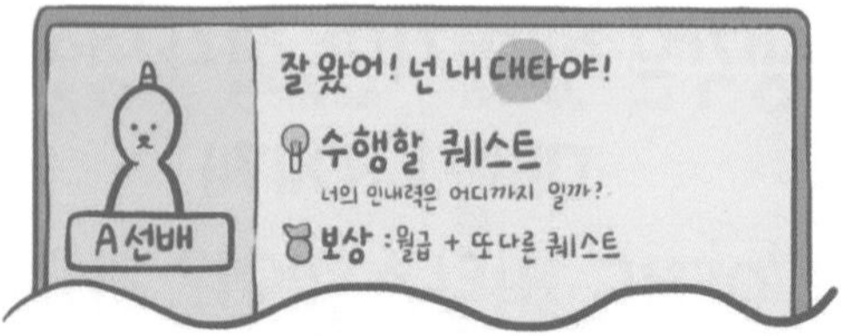
A선배
잘 왔어! 넌 내 대타야!
수행할 퀘스트
너의 인내력은 어디까지 일까?
보상 : 월급 + 또 다른 퀘스트

오늘은 A선배에게 일을 배운다.
사실 A선배 일이 나에게
분담되는 날이라
기분이 좋아 보였다.

내 스트레스의 70%여서
귀엽게 그리고 싶지 않았지만

이 선배는 첫날부터 내게
불편한 말을
참 쉽게 말했었는데

뭐, 빠른 생일이야?

그럼 어차피 너가 얘들보다
동생이고 막내네 선배라고 불러

내 생각이나 그들 생각따위
물어보지도 않음

그들이 허락을 한다고 하더라도
'선배'라 부르려 했는데
기분부터 상해버리기

그 뒤로 좀 다가가기 힘들어짐

선배를 따라가는 곳은 스튜디오

스튜디오를 돌며
스태프들을 만나 인사드렸다.

그리고
생방송 때 내가 일할 곳.

매일 아침 생방송 녹화.
담당자는 미리 출근하고
녹화는 9시 출근은 8시

원래는 생방이 있었는데
바뀐 것이라

나 때는~
그때 저 선배가~
그 담당PD가 무섭고~

'너는 좋은 환경에서 일한다'
생색도 잊지 않았다.

'짜증나는 선임 되는 법' 책 쓸 기세~

난 그래서 경력이 오래되고
나이도 좀 있는 줄 알았더니

↳입사 전까지 가진 편견

젊으면 깨어 있을 줄..

4년 차에
스물아홉이었다.

젊은 꼰대를 실제로 처음 봄

#021

첫 월급

첫 월급을 받았다.

점심 쯤 문자가 띠링

내 월급 작아.. 귀여워

아, 나 한달 잘 버텼다.
나.. 칭찬해..

부모님 선물을 사갈까 하다가

오-근데
엄마스타일 아니다
오 고마워~
잘입을께~
할말은 하는 스타일
고맙다 하고
맘에 안 들면
안 입는 스타일
아.

그냥 현금을 드리기로 결정.

얼마 드릴지 생각하자니
또 머리가 아프다.

첫 월급이니까 그냥 다 드리고
용돈 달라고 할까

부모님은 모르셨겠지만

일주일을 고민하고 결정!

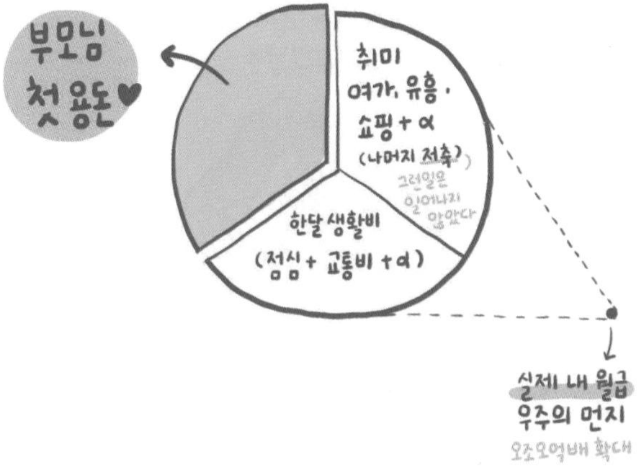

봉투에 담아 부모님께 드렸다.

뿌듯뿌듯

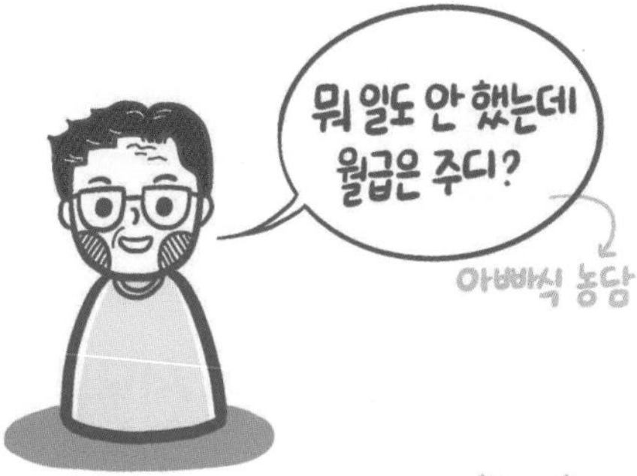
뭐 일도 안 했는데
월급은 주디?
아빠식 농담

아빠.. 할말하않..

아빠가 '괜찮으니 너 써' 라며
열어보지도 않고 돌려주신다.

너 사고 싶은 것도 있을텐데
그거 사~ 아껴 쓰고~
오 두툼하네~

나는
차라리 선물을 준비할걸
하며 후회했다.
그러면 거절 못했을텐데..

아빠.. 근데
엄마생각은 다른 것 같은데?
ㅋㅋㅋ
딸이 처음 벌어서 준다는데!
얘가 그걸 아끼겠어?
엄마 줄까?
ㅋㅋㅋ
아빠가 너무 멋있게 말해서
다시 받기 힘들었다고 한다ㅋㅋ

#022

나는…
적응 중인가…?

지각이다..

1층에서 9시가 되었다.

불행인지 다행인지

팀장이 이뻐하는 B선배 만남.

B선배 특징

· 팀장과 직접적인
일 분담으로 사이가 좋음

· 혼나는 것 크게 타격X
뭐 쫌 혼나고 다시 잘하지 뭐st

누구나(나) 특징

· 엄청난 쫄보
혼나기 싫어. 무서워. 흑흑

· 속과 겉이 매우 다름
1, 2분 늦은 나도 짜증
어차피 야근인데 1, 2분으로
혼나는 것도 솔직히 속상

자리 왔는데

팀장 코앞이라 미치는 줄

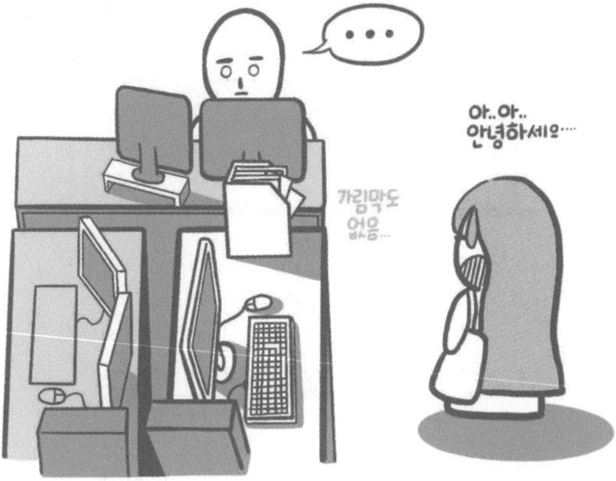
...
아..아..
안녕하세요…
가림막도
없음…

근데 A선배가 안 왔다.

솔직히 이 선배, 한 달이면 반은 지각

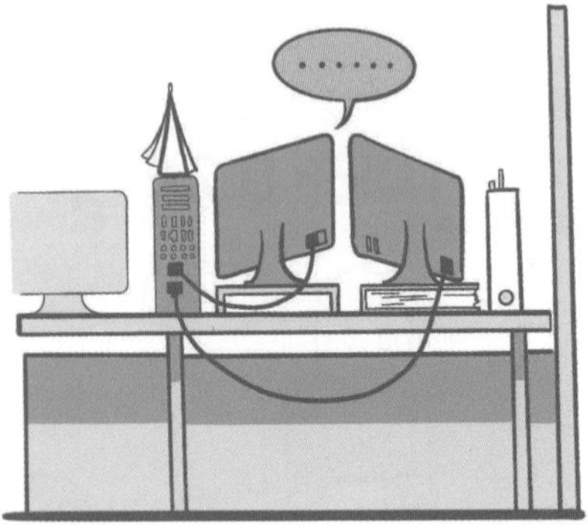

5분, 10분 사이에 온다.

B 선배가 오자

옆에 불러 혼내기 시작하는 팀장

얘들 늦는 걸 혼내고 싶은데
너가 늦으면 어떡하니?
지하철도 몇 정거 안 걸리면서
매번 왜 그래?
아 진짜 화난다

뭐 어쩌지 진짜 화났나
왜 내 옆자리인가
난 어째야 하는가

A는 오늘도 애교로 넘겨본다.

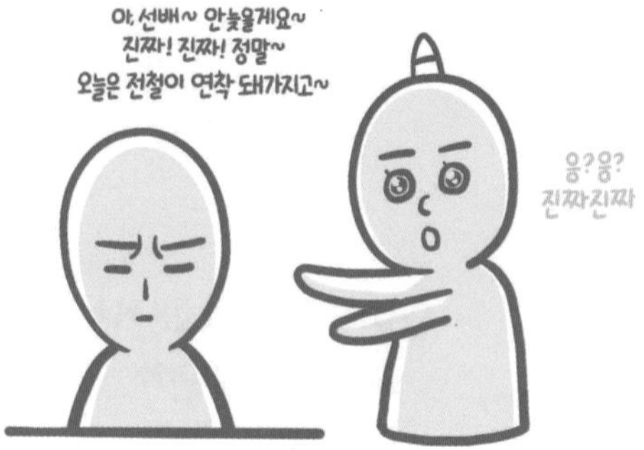
아, 선배~ 안늦을게요~
진짜! 진짜! 정말~
오늘은 전철이 연착 돼가지고~
응? 응?
진짜진짜

아, 저렇게 해야 하나..
난 애교 없는데..
아니, 저렇게까진 못하겠다.
그냥 일주일 조용히 지내고 말지

#023

마음의 병

팀장은 화가나서 따로가고

그날점심은 넷이 먹었는데

우리는 A선배와 밥을 먹으며 한 소리 들었다

나도 오늘 늦어서 뭐라 할 말은 아닌데
팀장도 내가 이런말 해주길 바랄거야..
얘들아 시간지키는건 중요해
구나, 넌이제 8시 출근해야하는데
벌써 이러면 안되지
퇴근도 일찍 하면서

말하는 족족 어이가 없어서 반박해봄(물론 속마음)

그럼 하지마

나도 오늘 늦어서 뭐라 할 말은 아닌데

팀장도 내가 이런말 해주길 바랄거야..

얘들아 시간 지키는 건 중요해

응 너도

구나, 넌이제 8시 출근해야하는데

벌써 이러면 안되지

퇴근도 일찍 하면서

정시 퇴근 말하니?

속 마음이 겉으로 나올까봐
참느라 좀 힘들었나..

아, 이 심장 비트는
체한 것이 분명하다
토해내야 한다

돌아오자마자 체를 했다.

거의 네 시간동안
생사를 오갔다.

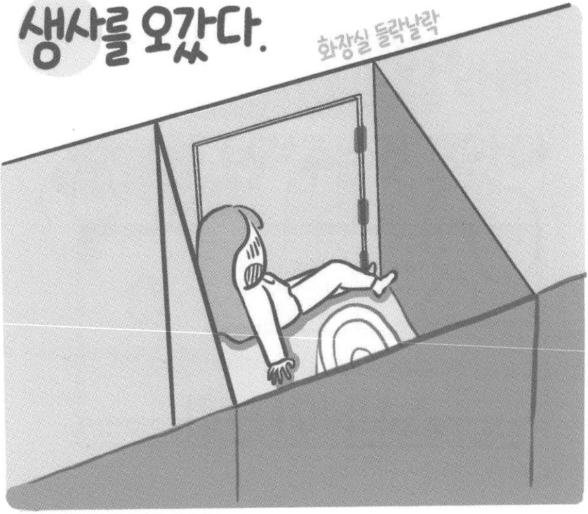
화장실 들락날락

안 되겠어서
팀장에게 말했더니

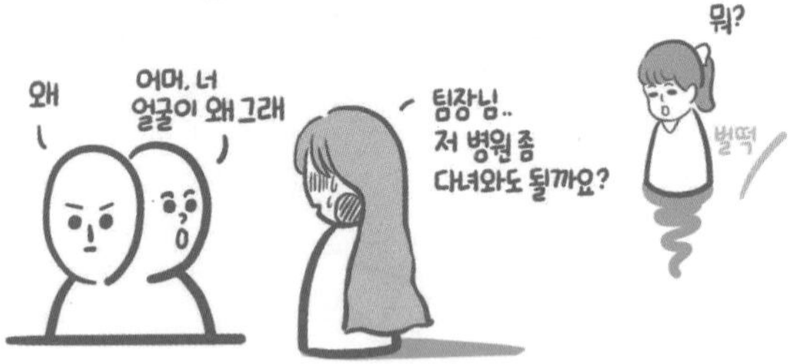
왜
어머, 너
얼굴이 왜 그래
팀장님..
저 병원 좀
다녀와도 될까요?
뭐?
벌떡

△선배가 난리

△선배 부탁으로 처음 뵙는
손을 잘 따신다는 부장님이
찾아와서 손을 따주고

손따면 괜찮아~
내가 부장님 불렀어
체 했다는
신입이 누구야?
아니..
안 그러셔도
되는데....

△선배 부탁으로

퇴임을 앞둔 국장님이
사다주신 약을.. 먹고

약 먹으면 괜찮아~
내가 국장님 불렀어
아니..
안 그러셔도
되는ㄷ....
제발..
전에 샀던 것
아직 팔더라

약 먹고 휴게실에서 쉰다는 게
깜빡 잠들어 버렸다.

구나야~
일찍 퇴근하고
가서 쉬래~ 응?
zzZ
ㅋㅋㅋ
어머 잤어?
헐 30분 지났어
벌떡!

하필 A선배가 부르러 옴.

아니, 구나가 자고 있더라고~
대단해~ 나는 회사에서
잠은 못자겠던데 직원 다 됐어!
쩌렁
쩌렁
와 너 점심 때
휴게실 가기만 해봐

야 넌 애들이랑 밥먹으면서 뭐라그랬길래 애가 체를 해
몰라요~ 별말 안했는데?
팀장
A

평소에도
잘 체하고 그래?
아녀…
저도 오늘 왜 그런지
모르겠네요ㅎㅎ

구나가 체력이 약하구나..
그런가봐요 ㅋㅋ
무서워서 무슨 말도 못하겠네

#024

이게 정말 맞나?

입사 초, A선배가 웹용 포스터를
하나 해보라며 시켰는데

어차피 내가 한걸로 올릴거니까
부담없이 그냥 해봐
입사 초 왕친절 모드

포스터라면 많이 해봤기에

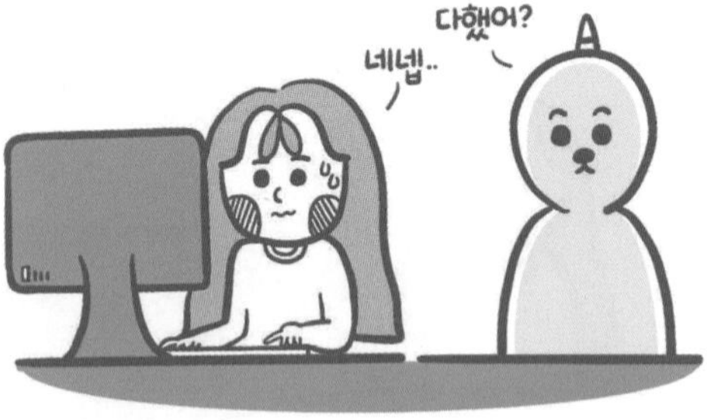
다했어?
네넵..

정말 열정적으로 해서 보여주니

본인기대보다 괜찮은 눈치?

정보가 별로 없어서,
그냥 제목이 이거길래 이거쓰고…
오 괜찮다!
이 일러스트는
어디서 구했어?
이거 나한테 보내고
내 자리와봐

선배는 이렇게 얘기했다

너껀 정말 딱 포스터같고
아기자기하게 이쁜데,
내가 한것 봐봐
여기까지만 해본건데
무슨 느낌인지 알겠어?
웹용이라
이쁘게 할 필요는 없어

선배는 '알겠냐' 물었고
나는 '알겠다' 대답했으나
사실 혼란스러웠다.

선배의
디자인이.. 별로였다.

어때 잘보이지?
(응 너무 잘보여...)
내꺼
선배꺼

배경이 청록인데
포인트 글씨가 빨강?
검은 박스에 연두색글씨?

보색이 중심색상에
형광연두색이 제목?

디자인을 더 배우고
실력이 늘 줄 알았는데
뭐지 이것이 잘 된 디자인인가?
뭐지 혼란스럽다...

#025

드디어 혼자 살게 되다니

아무래도 8시 출근이 걱정돼서
자취를 하기로 했다.

알아봐봐
얏호-
마냥 좋음

학교 다닐때 시켜달라니까
결혼할 때까지 자취는 없다더니

응?
취업하니까
바로 시켜줘서
괜히 서운..

물론 그런 철없는 생각은
보증금을 알기 전과 후로 나뉜다.

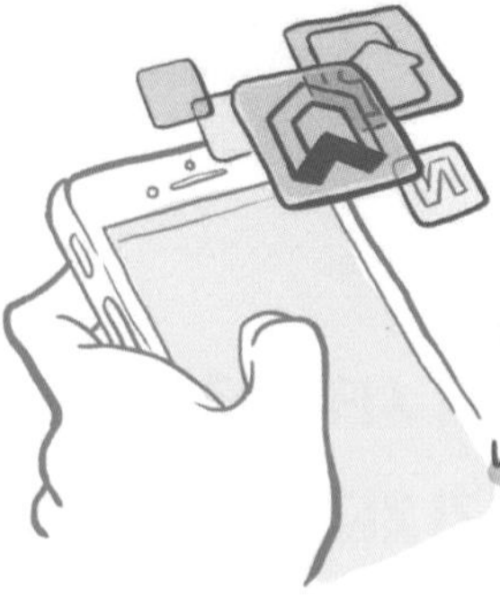
뭐야
조금만 괜찮아 보이면
뒤에 0이 하나 더 생겨?!
이 많은 방 중에
내가 살 수 있는 방이 없다니

나는 궁금해졌다.

'사회 초년생이 최대한 부모님 도움없이
보증금을 마련할 수 있을까'

미리 모아둔 돈이 있다거나
보증금까지 지금부터 모은다거나
복권에 당첨된다거나..
사실 말도 안 되지

아는 30대 지인들이
'사회초년생을 위한 전세금 대출'을
말해주었고 나는 고민하였지만

결국 부모님과 상의하여
지원받기로 했다.

돈을 벌기 위해 취업을 했지만
빚을 지게 되는 일은 너무나 부담스럽다..

염치없다는 생각이 들지만
나는 그대로고 몇 년 나이가 들었을 뿐인데
왜 이런감정이 드는지도 혼란스럽다..

'시간은 금이다'라는 말이 있다.

시간을 그만큼 아껴쓰고
소중히 쓰라는 의미인데

나는 시간을 돈을 주고 산다는 개념을
난생처음 실감했다.

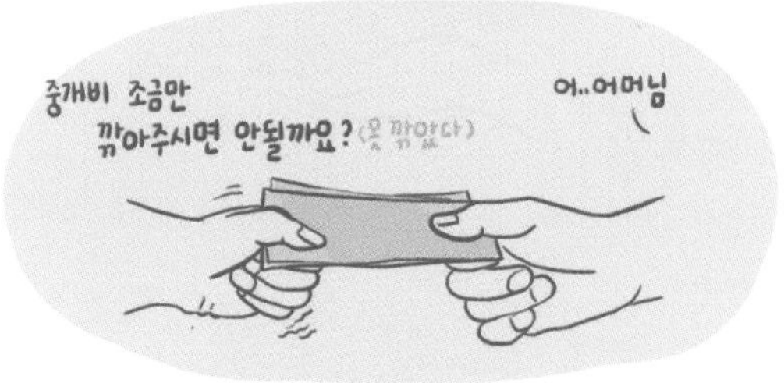
중개비 조금만
깎아주시면 안될까요? (못 깎았다)
어..어머님

* 실제로 현금거래 하지 않았지만 *

원룸계약 완료

나는 이렇게 구입한 시간으로

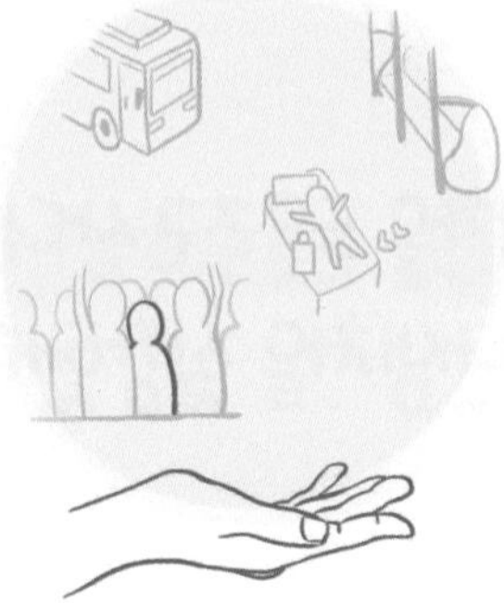

저녁을 좀 더 느낄수있다.
해가 길땐 저녁해도 볼수있다.
잠을 좀 더 잘 수 있다.

잘하면 영화보러 가거나~
전시 보러갈까??

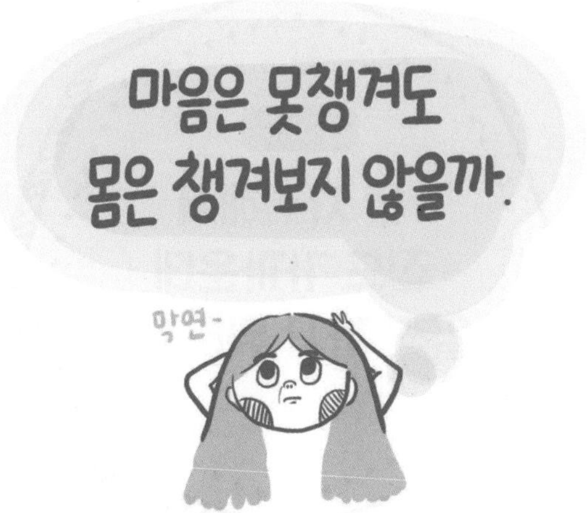
마음은 못챙겨도
몸은 챙겨보지 않을까.
막연-

라고 생각했쯥니당...

#026

넌 자취해서 집도 가까운데 일찍 가서 뭐하게?

자취를 하니까 확실히 삶의 질이 높아졌다.

유일하게
엄마도 부러워한
방 에어컨
왕복 네 시간이
왕복 한 시간으로!
지하철 다섯 정거
역

동갑선배들에게 말했는데

팀장, A선배에게
말하지 말란다.

나도 그 의미를 알 것 같다.
왜지?

그치만 나는
거짓말은 잘 못하는걸..

수많은 대화 속
나는 얼마나 버틸 수 있을까..

아무래도 티가 날 것 같아
슬쩍 에둘러 말했는데

저 자취하려구요…
→이미 자취중
아, 그래? 어디로?
팀장

전세 아니고 월세 알아보지?
너 월급 $\frac{1}{3}$ 넘으면 오바인거 알아?
너 자취 처음이잖아, 어디로 알아봐?

그리고 이때부터 듣던 말

정시 출근
구나야, 넌 언제 나와? 8시에만 나와도 코앞이지?
정시퇴근
넌 자취해서 집도 가까운데 일찍가서 뭐하게?

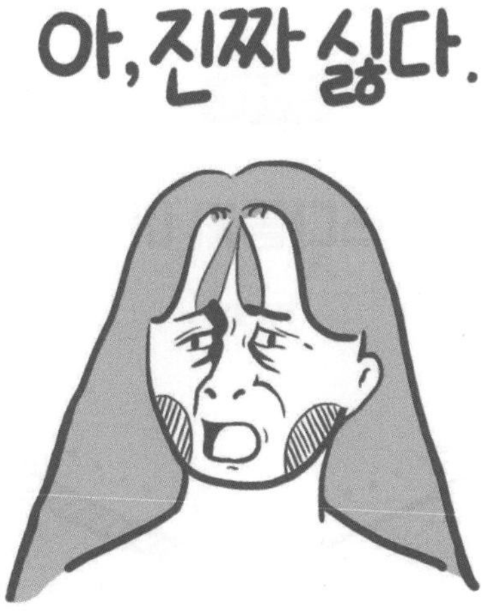
아, 진짜 싫다.

#027

쓰다듬지 마

ㅠㅠ

담배만 가지고 다니는 사람을
뭐라그러게~
정답은? 불필요한 사람~
하핫핫하~
바나나가 웃으면?
빙그레에~~~

등장부터 아재개그 날리는 이 분은

나와
아침 녹화를 함께하는
PD중 한 분.

이 PD는 보통 이런 말을 하신다.

구나야, 내일 촬영자막
내가 작가 쪼아서 받았어!
쪼아야 빨리 줘 그치?
잘했지?
아.. 네..
내일 아침에
급하게 안해도되고 좋지?
나 잘했지?
아, 하하핫

그리고선 꼭 귀엽다는 듯
내 머리를 쓰다듬고 간다.

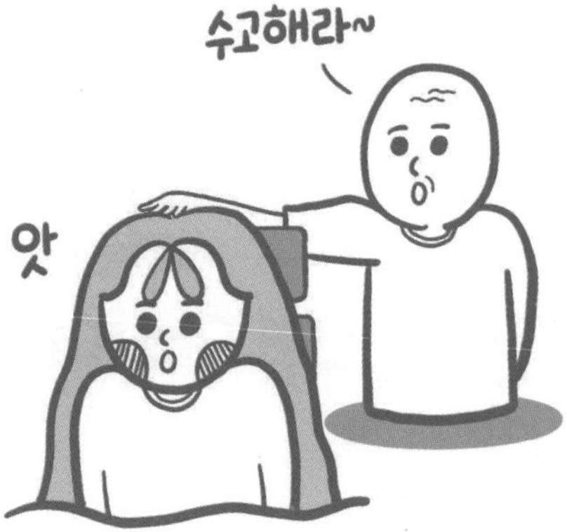
수고해라~
앗

이게 참 어려운게,

남일이라면 나도 (특히 친구라면)

그걸 가만 둬?
화는 못내도 티는 내지!
어우, 우리같은
자식이 있을 나이들이!
생각없는 놈들!

앞장 서서

가만히 있으면 안된다.

했겠지만

정작 내 일이 되면
참 당황스러우며

머리 쓰다 듬기?
단순히 귀여워하는 건가?
놀라고 기분 나쁜데
이걸로 기분 나쁘다 말하면
다들 오바라 하면 어쩌지
괜히 신입 한 명이
예민하고 오바하는 애
들어왔다고 할거야?

넘어가야 할 이유를 찾고 있다.

기혼인

팀장이 휴가를 마치고 돌아오자

오- 왔네~
잘 다녀왔어?
등장

아무 말하기 스킬을 사용한다.

좋았어? 오래 다녀왔네~
어, 그래~ 이제 아이 갖는거야?
좋은 소식 기대하면 되나?

듣고 있던 나도 소름이 돋는다.

지금이게 무슨
개 소리지?

그 선배가 돌아가고 나서야

우리는 흥분을 할 수 있었다.

알고있었구나
저 선배 왜 저래 진짜
요즘은 구나 머리 쓰다듬던데
애가 고등학생이라던데
말은 또 왜 저렇게해
남이사 애를 가지든지 말든지

#028

내 취미는 다 사치인가

퇴근 후& 주말

나는 봉사모임을 다녔다.

햇수로 4년째

불우이웃을 돕거나
힘든 삶을 사는
누군가를 위한 희생

어려운 이웃을 돕는 봉사는 아니고

청년들을 위한 모임에
재능기부 같은 것인데

주로 나르거나 청소하고

주로 손으로 만들거나 컴으로 만들고

주로 토론하고 아이디어 짜고

내가 참 쓸모있는 사람이 된 것 같아

힘들어도 행복해서
도저히 그만둘 수 없었다.

아니, 입사 전에는 이런고민이 필요없었지만

사람들이 나를 마구 이용해 먹을수록 행복해..
힘들다고 이걸 그만두면 회사다닐 힘이 안 생길 것 같은데..

안 그래도 여름에 행사가 있어서

입사할 때 물어보고 들어왔는데

아, 제가 8월에 봉사 행사가 있는데,
입사할 줄 모르고 참여한다고 했는데
안 되겠죠? 지금이라도 말할까 하는데

못한다고

당시 친절모드 팀장

아, 봉사요? 얼마나요? 휴가라면 원래
1년차는 없는데, 다방법이 있거든요

아, 저 금요일
딱 하루만이면 되는데ㅠㅠ

에이, 그러면 상관없어요!
걱정 말고 그냥와요!

덕분에 입사하자마자

휴가로 봉사를 가는 애가 되어 질문공세를 받았다.

아니 뭐, 저, 그게 ..
네.. 뭐. 그냥. 그게
휴가로 봉사를 간다고?
내년 연차
당겨쓴다는데
더쓰면 내년에 어째
무슨 봉사야?
오와 왜 하는거야?
좋아서합니다
뭐, 구나가 휴가로 봉사가?
고생이네~ 며칠 더 쓰고 놀다와~
어디야, 외국이야?
나도 휴가 더 쓸수 있음
놀러 가고 싶다 이사람들아
아니, 휴가 하루쓴대요 무슨외국

지난번

A선배가 물었을 때

너, 자취하면서
집도 가까운데
일찍 가서 뭐하게?

너도 자취하면서
일찍 가면 뭐하니?
라고 묻고싶지만

이미 알고 있다는 생각에
별 거리낌없이 말했다.

약속이 있기도하고, 봉사모임도 가는데
이제 얼마 안 남아서 이틀 갈때도있고

그것 슬슬 그만둬야할 걸?

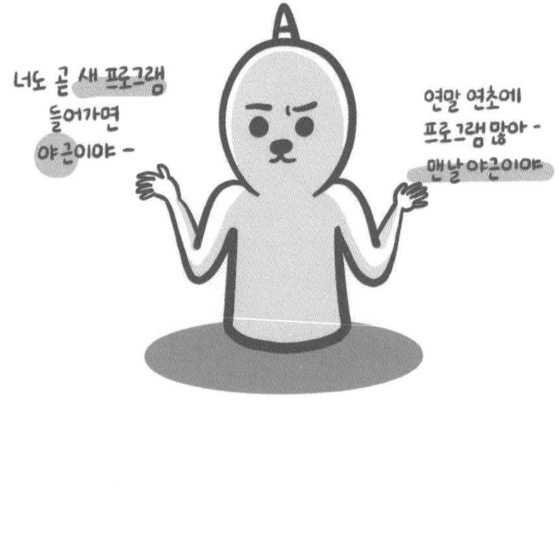
너도 곧 새 프로그램
들어가면
야근이야 -
연말 연초에
프로그램 많아 -
맨날 야근이야

그러면서 본인은
누구물어본사람?
장아찌 담궜다 청 만들었다 자랑.
이거봐봐, 내가어제 퇴근 바로 했잖아?
내내 이거손질해서~ 시계보니까 열한시더라
와 이게 몇병나왔는데~
짱이지 맛있겠지
줌바댄스? 그게 뭐에요?
에어로빅 같은건가?
구나야 너도해볼래?
윤정이랑 무민이도 장난아니야~
회사앞이고 주2회인데 짱재밌어
선배들이랑 줌바댄스 수강.
퇴근하고 누구보다 즐기시는것 같은데...

우리 하나만 합시다.
사이좋은 척 지낼 건지
사이 나쁜 채로 지낼 건지

야근은 나보다
몇 배를 많이하면서
줌바댄스는 괜찮고
봉사는 포기해야 되는 건가?

#029

이만큼 했으면 되지 않을까?

짜증이 늘었다.

너무 짜증이 난다. 오늘 퇴근만 바라봐도
잠만 자면 내일 또 출근이라니 고통이다.

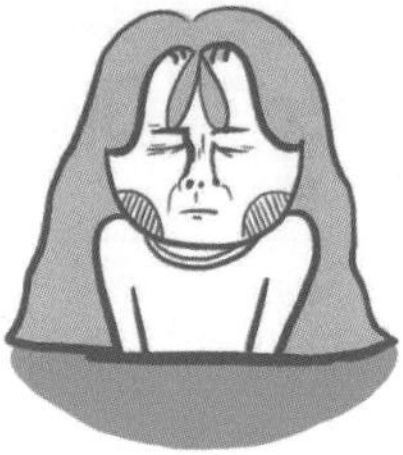

친구들은 자주 보기도 어렵고

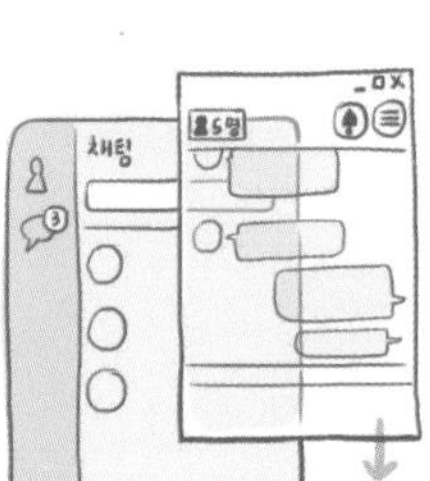
채팅
작업을 톡으로 받기때문에
작업 받는 척

가끔씩
PC톡으로
키득대는 게 전부
그나마도 투명도를
조절해서 봤다

당시 씬이는 취준생이라
너무 털어놓기 미안했다.

A가 그때 이러는거야!!!
하, 진짜 짜증났는데
SSIN
와심하다 왜그런대?
가만히 좀 있으면 좋겠다
와 그래서 내가 !
아..
취업준비하는 애한테
너무 힘들다고 하는걸까
배부른 소리일까

짜증의 대상은

늘 엄마였다.

너가 좀 더 잘해봐~
오후 9:34
왜 말을 그렇게 해?
내가 잘못한게 아니잖아
뭘 또 그렇게 말하냐~
너가 그냥 상황을
잘 풀어보라는
말이지~
그냥 위로 좀 해주지
쓸데없이 냉정해!!
에잇 진짜

이 회사에
지원해보라고 한 사람이
엄마라는 이유 하나로

싸랑하는 엄마
마음풀고~
내일 또 일찍 나가야 하니까
일찍자~ 밥 잘 챙겨먹고!
오후 10:35
난 쓰레기야
못된 딸이야

지원해서 들어온 선택은
온전히 내가 한 것임에도

엄마, 나 너무 힘들어
엄마, 나 이쯤에서 그만두고 싶어 정말…

철없는 것 알지만
이렇게라도 말하지 않으면
안 될것 같았다.

지긋지긋하고 힘들었다.

#030

신호

월경 주기가 빨라졌다.

어? 아직 할 때가 아닌데
일주일이나 빨리?
월경날 표시

원래도 주기가 길고
정확한 편은 아니기에
처음엔 대수롭지 않았다.

귀찮
아, 없는데
사러 가야 되잖아.
귀찮
터덜
터덜

평소 사용하는 것과 관계없이
원플원을 집게 되는 심리.
= 그냥 내심리

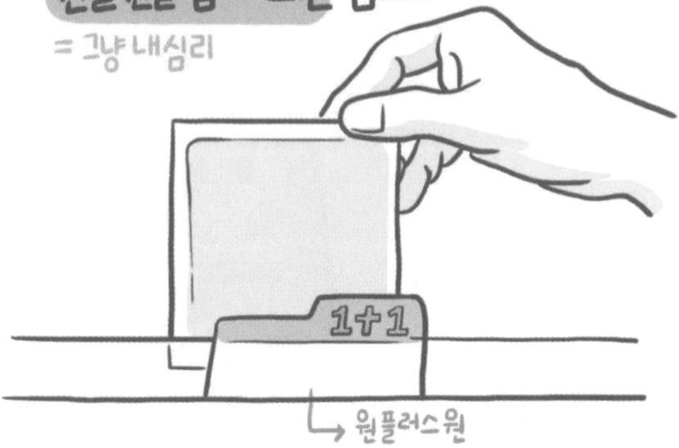

얼마 지나지 않아
옅게 피가 비쳤다.
이런 일은 처음 있는 일이었다.

점점 불안해졌다.

음.. 왜 안 멈추지?
이게 아닌데?
이러면 안될 텐데?

봉사

그리고 지인에게

비슷한 증상의 이름을 들었다.

속닥
제가 그래가지고 이래가지고 지금 2주차에요 T^T 병원 가야겠죠?
속닥
그거 배란혈이냐? 그거같은데~? 근데 좀 길어지네 병원한번 가봐
맘씨 좋은 언니

그제서야
병원을 가야겠다 생각하고
들은 증상 이름을 검색해봤다.

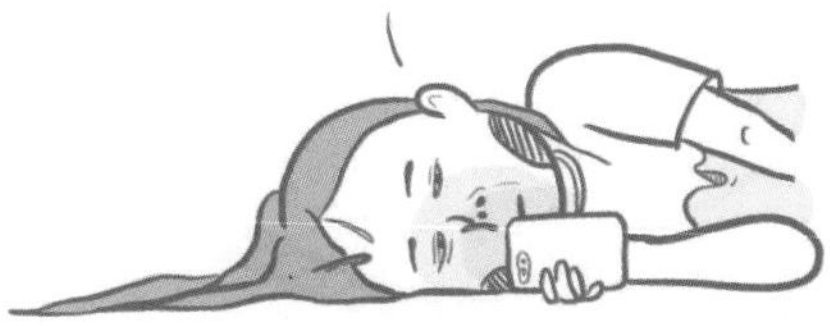
비슷한데, 안하다가 갑자기 하는 이유는 없나

#031

결심의 전조

하필 그날은
비가 내렸다. 아주 많이.
오지 말라는 걸까~
가기 싫은 내 마음의 소리
산부인과

오늘 아니면 안 올 것같아서
일단 들어옴ㅋ
막상 들어오면
별것도 아닌데
괜히 겁먹었나
어쩌구 저쩌구~
이거 작성하시고
조금만 기다리세요~
아. 넹…

에이 괜히 겁 먹었네
하던 생각은
의사에게 내 속을 드러내는
자세를 취하고부터
괜한 일이 아니었다.

진료 시간은 짧았으나
내내 생각했다.

이곳은 또 오기는 힘든 곳이구나..

의사는 내게 말했다

아무 문제 없다고

일단 보기에
상태는 괜찮아요
어쩌고 저쩌고…
배란혈로 보이는데
약먹고 ……

그리고 이렇게 말했다.

원래 몸이 안 좋으신 분들이거나
처음부터 늘 하시던 분들이 하게 되는데
이렇게 전에없던 경우는
보통 '스트레스'때문일 거예요.

정확한 원인을 찾고 싶으면
다음 생리가 끝나고 오면 되는데
일단 제가 보기엔 상태는 건강한 편이라.
스트레스성이 가장 크죠.
요즘 크게 신경쓰이는 일이 있나 봐요.
아....
네....

약을 받았다

몸에 안 좋을까봐
몇 번 먹어보지도 않았던
피임약. 일주일이나?

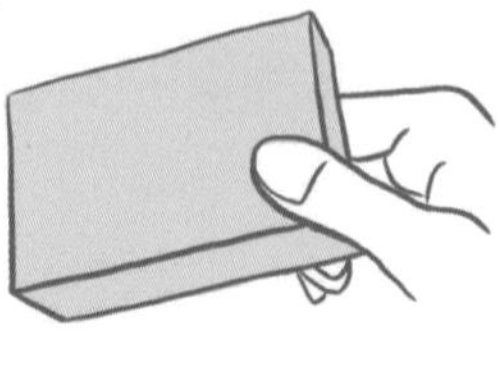

여러생각이 스치는날이 었다.
비오는 날이고
매운 음식이
생각나고
아니다
달달한 것
먹을까.

길건너 가게에서
립 틴트를 샀다.
갑자기?
내 소비 중 가장 이유 없는 부분

당신의 현재 환경은
당신이 도달할 곳을
결정하지 않는다.
단순히 출발점을 결정할 뿐이다.

_니도 쿠베인

-3부-

다들 그렇게 살아. 왜 너만 유난해?

#032

다들 버티며 사는 거

나는 생각을 정리했다.

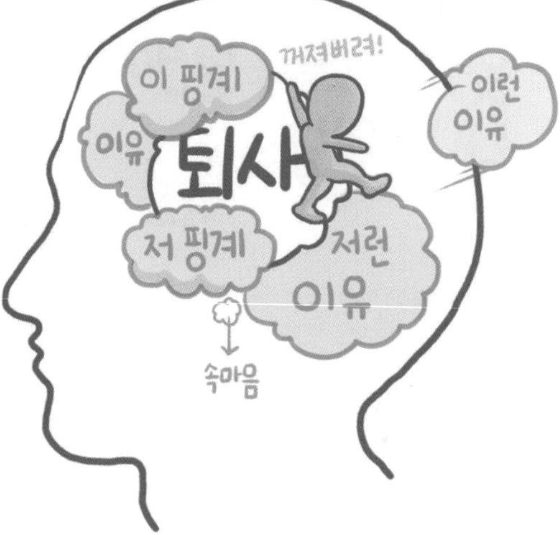
이 핑계
꺼져버려!
이유
퇴사
이런 이유
저 핑계
저런 이유
속마음

아니, 아니었다.

정리하면 정리할 수록 잊었던 것들을 발견하는 내 방 마냥

블랙홀 같은 내방

분명 청소인데
더 지저분해짐
오-상장~
이건 못버리지
:모든 보관엔
이유가 존재
목적은 잊은지 오래

생각은 꼬리에 꼬리를 물고 나와줘야 생각이지

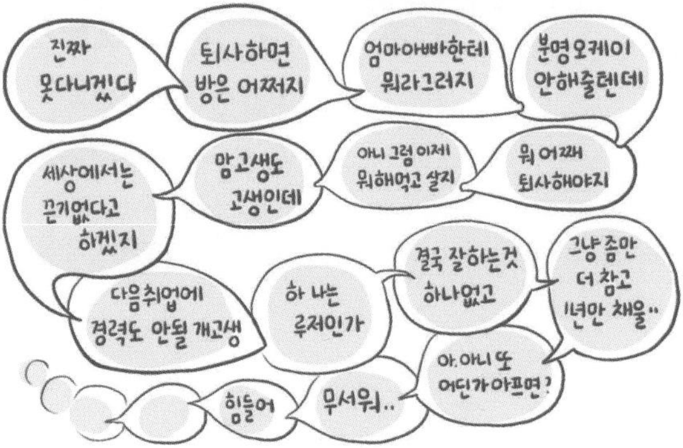
진짜 못다니겠다
퇴사하면 방은 어쩌지
엄마아빠한테 뭐라그러지
분명오케이 안해줄텐데
뭐 어째 퇴사해야지
아니 그럼 이제 뭐해먹고 살지
맘고생도 고생인데
세상에서는 끈기없다고 하겠지
다음취업에 경력도 안될 개고생
하 나는 루저인가
결국 잘하는것 하나없고
그냥 좀만 더 참고 1년만 채울..
아.아니 또 어딘가 아프면?
무서워..
힘들어

병원을 다녀온 날, 엄마는
괜찮다면 다행 아니냐며
진료비를 묻더니 돈을 보냈다.

돈이 중요한 것이 아니었지만
서운한 마음에
'그래 돈이나 써라'
하는 맘으로 받음

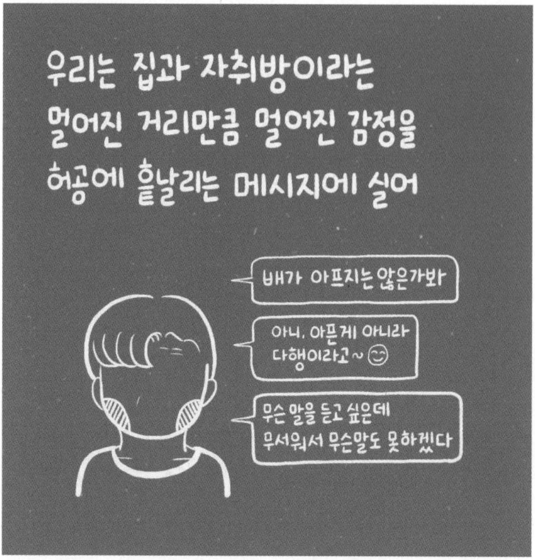
우리는 집과 자취방이라는
멀어진 거리만큼 멀어진 감정을
허공에 흩날리는 메시지에 실어
배가 아프지는 않은가봐
아니. 아픈게 아니라 다행이라고~
무슨 말을 듣고 싶은데 무서워서 무슨말도 못하겠다

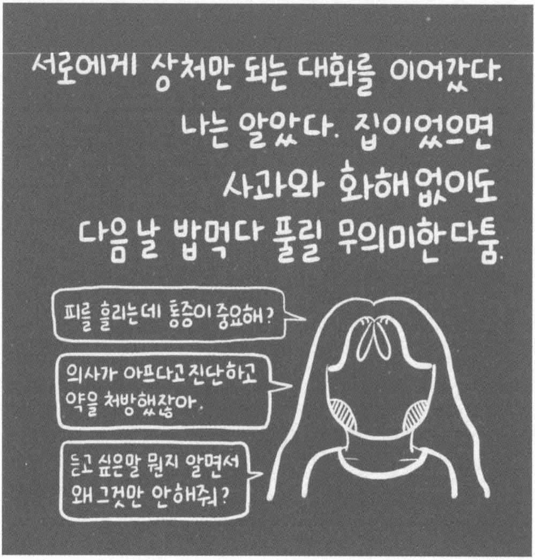
서로에게 상처만 되는 대화를 이어갔다.
나는 알았다. 집이었으면
사과와 화해없이도
다음 날 밥먹다 풀릴 무의미한 다툼.
피를 흘리는데 통증이 중요해?
의사가 아프다고 진단하고 약을 처방했잖아.
듣고 싶은말 뭔지 알면서 왜 그것만 안해줘?

나는 부모님의 위로와
이해를 갈구하기 위해
최대한 철없기로 결심했다.

지금봐도 너무 유치하지만
끝까지 그말을 안해준
엄마도 대단.

사랑하는 엄마
아, 회사가기 싫다
AM 6:05

→ 출근 전 가기싫다 톡으로 하루시작

25년

부모님이 내 나이만큼 운영하신 가게를 정리하기 전까지.

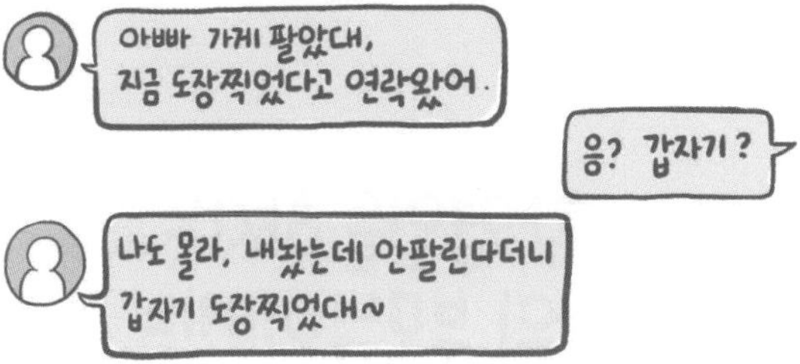
아빠 가게 팔았대, 지금 도장찍었다고 연락왔어.
응? 갑자기?
나도 몰라, 내놨는데 안팔린다더니 갑자기 도장찍었대~

결론부터 말하자면
퇴사생각을 접기로 했다.

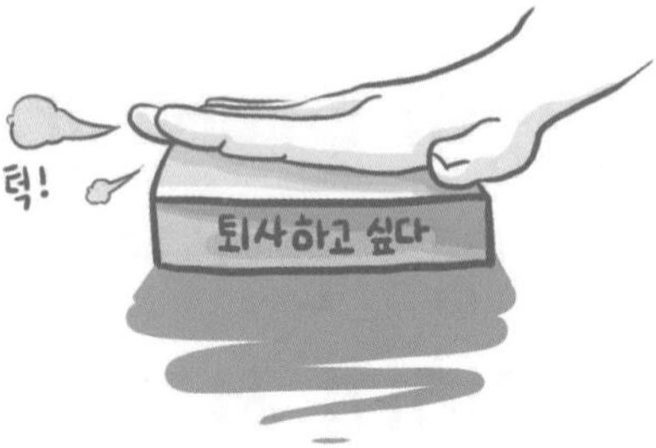
턱!
퇴사하고 싶다

자영업을 하시는
나의 부모님에게는

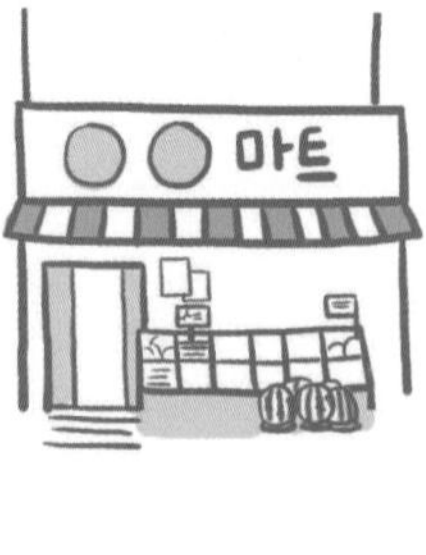
마트

자식의 사회생활이

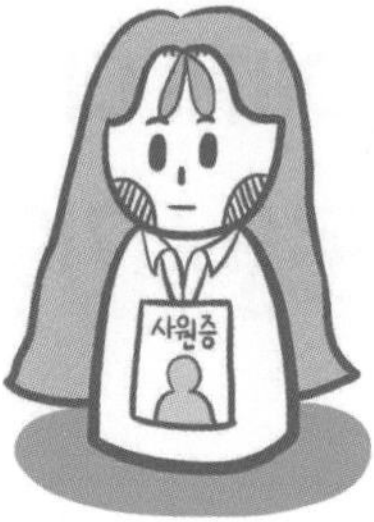
사원증

부모님에게 은퇴를 생각할

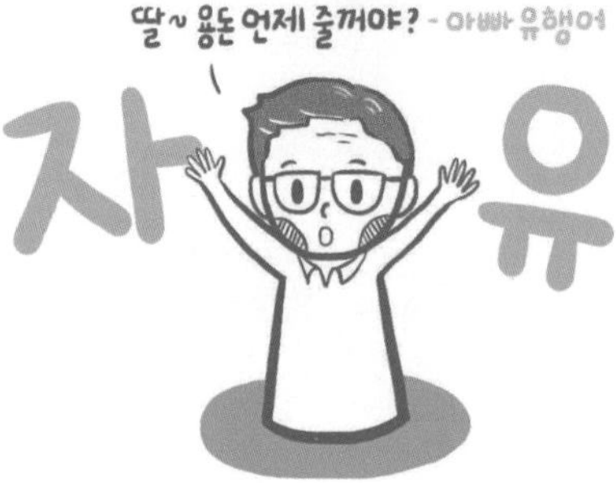
딸~ 용돈 언제 줄꺼야? - 아빠 유행어
자
유

한 템포 쉬어가며
본인들에게 더 집중할
새로운 시기임을

생각하지 못했다.

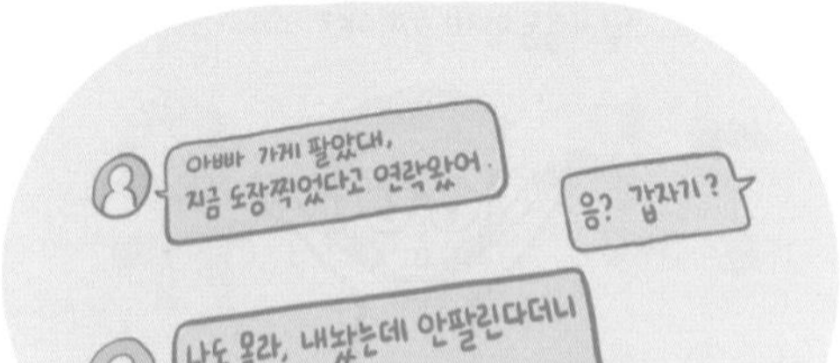
아빠 가게 팔았대,
지금 도장찍었다고 연락왔어.
응? 갑자기?
나도 몰라, 내놨는데 안팔린다더니
갑자기 도장찍었대~

너무 마냥 철없었구나 나..

그래, 첫 직장
고작 몇 달 다녔다고

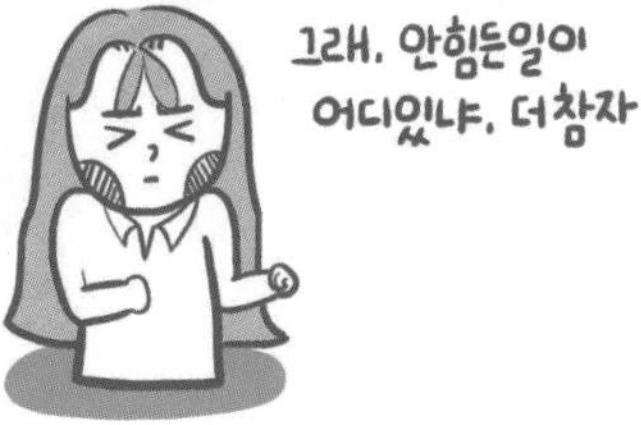
그래. 안힘든일이
어디있냐. 더참자

그렇게 퇴사생각을 접었다.

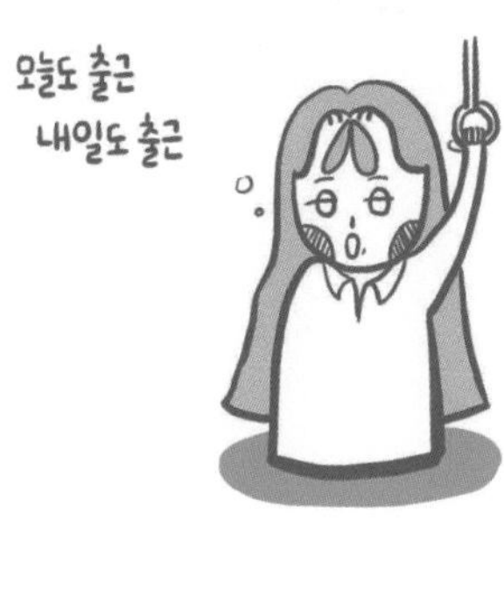
오늘도 출근
내일도 출근

#033

나 여기서
뭐하는 걸까?

이런 생각도 들었다.

보기드물게 이쁘던

그 바자회 포스터

팀장이 만들었던
한가위 맞이 바자회 포스터 (51화 내용)

그 포스터가 이뻤다.

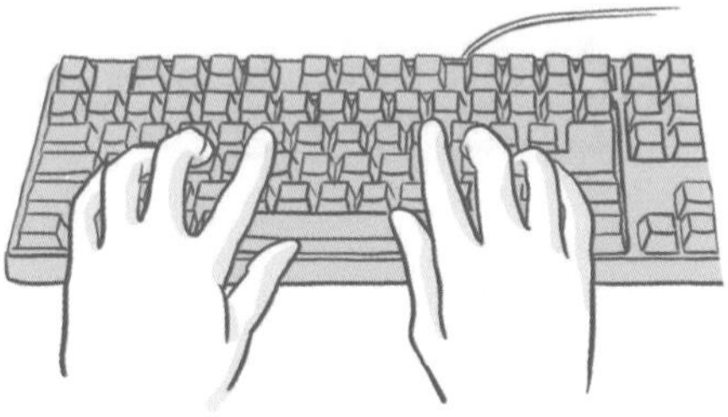

쓸데없이..

한가위맞이
바자회

나에게 기회가 있다면
저 정도는, 아니 어쩌면
더 괜찮은 디자인을
해낼 수 있을 것 같았다.

이제 와서?

이 회사와서
처음으로 번뜩인 마음

그게 저것.

자막 디자이너
본업도 아니고
사내 게시판에 잠시 걸릴
한가위 맞이 바자회 포스터

난 뭐하고있는 걸까.

#034

막하는 말

추측은 했었지만
입사한지 몇 달이 지나자

나 약속있어서
먼저갈게~
다른
선배들

<점심시간>

동갑 선배들이
그 얘기를 꺼냈다.

구나씨 오기 전에
일한 사람이요…
?
아,
그사람~

그동안은 구나씨
그만둘까봐 말못했는데
구나씨 오기 전에
일하시던 분 있었어요.

그만.. 둘까봐?

아 그때 저랑 같이 면접보신 분 아니에요? 선배들 자리에서 테스트했는데
그분 맞아요~
오, 그때 면접 엄청 열정적이시길래 그분이 되겠구나 했어요

그 나이면
열정이라도 있어야죠.
팀장이랑 동갑인데

뭐야 얘넨 또
말이 왜이래..
?????????????????????
?????????????

#035

치마가 너무 짧네?

나는 디자인과를 다녔고

<참고>
스트릿패션
NEET
9

그동안 유독 자유롭고 개성 있는
스타일들에 익숙해져 있었기에

그래, 시대가
어느시대인데
그리고 디자인이니까
막연..

디자인 관련으로 일을 하면
어느 정도 자유로울 거라 기대했다.

간간히 친구들을 만나면

아, 나 요즘은 그냥
슬리퍼신고 출근 해
짱편함 ㅋㅋㅋ
어, 나도ㅋㅋ
다들 옷 신경안써~
후드입고 다님.
광고 회사
ㅋㅋ 야 나는 여름엔
반바지 입고갔어.
와, 자유롭구나
생각보다
디자인 회사

오픈되어 보였으니까.

아닌 곳도 있겠다 생각은 해봤다.

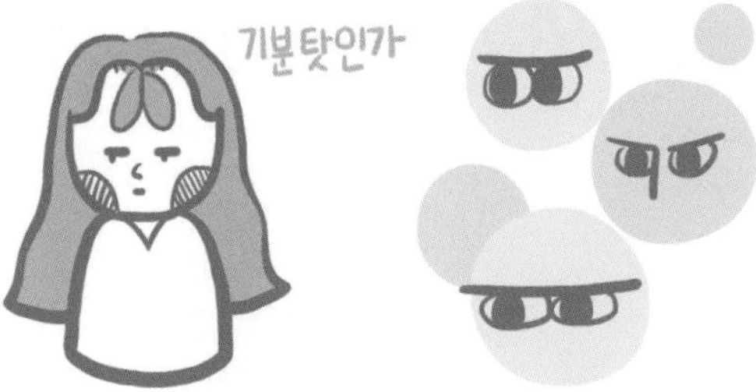
기분탓인가

나는 노력을 한다고 했지만

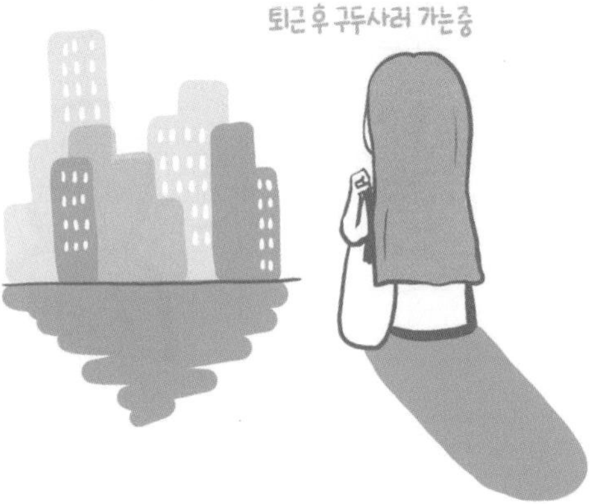
퇴근 후 구두사러 가는중

말도 안되는
눈치와 지적을 받았다.

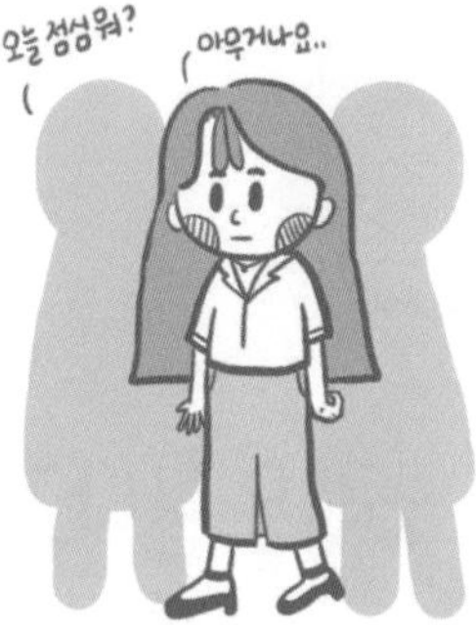
오늘 점심뭐?
아무거나요..

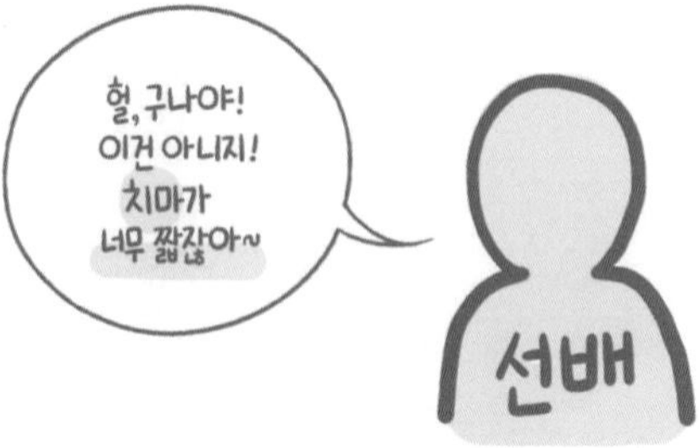
헐, 구나야!
이건 아니지!
치마가
너무 짧잖아~
선배

작은 키 더 작아보일까 봐 고민하다

맘먹고 입은 긴 치마인데

이번엔 치마의
움직임을 위한 절개가
너무 위까지 올라왔다고?

세상에나

#036

결정타

가끔은 숨막히게
답답한 곳이었다.

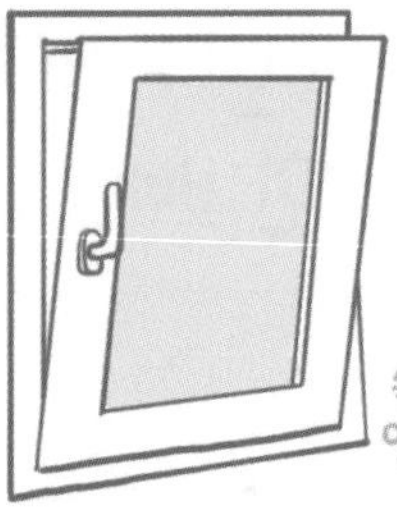
속 시원하게
열리지도 않아

휴게실이나 화장실
창문을 열고 숨을 뱉었다.

점심시간이 되었다.

이런게 직장인의
점심시간인가
나는 12-1시로 알고 있었는데
11시 반부터 텅텅

다니다 보니 거의 항상
한 선배만 빼고 식사했다.

△선배는
약속가신거예요?
몰라, 다른 부서
사람들이랑 먹더라
돌아가면서

바로 말해주지 않았지만

그러든가 말든가
신경쓰지마, 아줌마
한달도 안 되어
알게 된 호칭

△선배는 팀내에서 묘하게
따돌림을 당하고 있었다.

이 부분은 몇번의 경험으로
더 확실해졌는데

가끔 △선배와 식사할 때는
꼭 카페와 H&B스토어를 들렸다.
혹은 드럭스토어

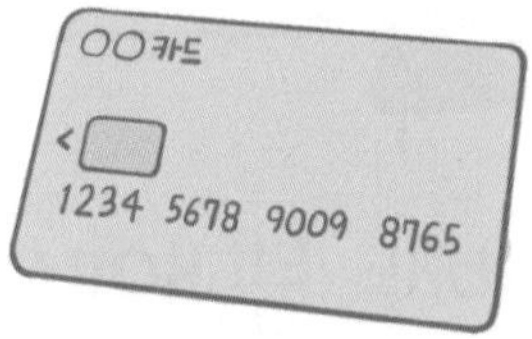

△선배에겐 그곳들을 아우르는
30% 할인카드가 있었다.

△선배가 커피를
사주시려 하신 것도 있지만
매번 얻어마시기는
너무 죄송했다.

헬스 앤 뷰티
그리고 바로 H&B스토어

뭐 골랐어?
이거 15% 할인인데
추가 30% 받으면
거저야 거저

매번 선배카드로
할인받아 구입하려는 그들에게
나는 환멸을 느껴갔다.

나는 차마 그 카드로
할인받을 수 없었다.

같은 사람이 될까 봐 두려웠다.

하루는 일하다 주위를 보니
△선배와 나뿐이었다.

뭐지
다 어디감?

어디 갔나 보다 하고 있는데
막내선배가 부르러 와서

아, 저
△선배 혼자..
쉿!

따라가보니

팀장과 가까운 사람들이 모여
팀장의 생일파티를 하고 있었다.

빨리와~
먹고 티 안나게
한 명씩 들어가자

팀원들이 다 있었다.
△선배 빼고

이게 지금 뭐하는거지?

구나야, △선배 프로그램 보조로 들어가서 도와줘 저 선배 손느려서 못 끝내 디자인은 배우지마 아, 이렇게 하지 말아야지~ 이거 배우면 돼
팀장

팀장은 우리에게
△선배의 디자인 능력도
비난하며 무시했고

어느새 나도
그 선배의 디자인을
속으로 무시하고 있었다.

아마 퇴사생각이 간절해진
가장 큰 이유는 이 부분인 것 같다.

#037

아 이제
정말 더는

팀장은 나에게 이런 말을 했다.

나, 구나 어머니
SNS 봤다?!

네?

그때 우리 면접하고
결과 나오기 전에~
어머님이
'합격자발표 언제 나오냐'
댓글 남겨주셨더라고

아..

궁금해서 눌러보니까
구나가 선물한 거나 다육이랑
아, 어머니 그림 그리셔?

그 뒤부터는 뭐라했는지
잘 기억나지 않는다.

이 사람이 이렇게
가볍게 이야기 하는것이 불쾌했다.

그런데 연락이 안 온다
연락 안왔어?
MOM
응...

나보다 더 연락을 기다리던
엄마가 생각나 미안했다.

불쾌하고 불편한 일들은
끝날 줄 몰랐다.

일의 양이나 수정사항이
차이가 있겠지만

난 야근인데
벌써 가?

정시퇴근하기에도
눈치를 봐야 했고

그런 사람들의 사생활 조언은

친근함이 아니라

봉사? 봉사를 한다고?

그거 슬슬 그만 둬야 할 걸?

너도 곧
새 프로그램
들어가면
야근이야
연말 연초에
프로그램 많아
맨날 야근이야

참견이며

꼰대 행위로 여겨졌다.

몸까지 안 좋아지고서야
나는 깨달았다.

꿈이고 뭐고
일단 이곳에서
1년을 버티다가는
나를 지키지 못하겠구나.

근본적인 생각을 하기로 했다.

무엇 때문에
일을 하는 걸까?

이 일들이 나를 발전하게 해주었나?
YES
NO

나는 지금 행복한가?
YES
NO

이 생활을 끝내고 돌아갈 곳이 있는가
YES
NO
엄마아빠가 버리진 않겠지?

아
TV
이면지
A4

세상에 어쩜

다녀보기 전에

부정적으로 생각한

그대로일까

나 진짜 못다니겠!

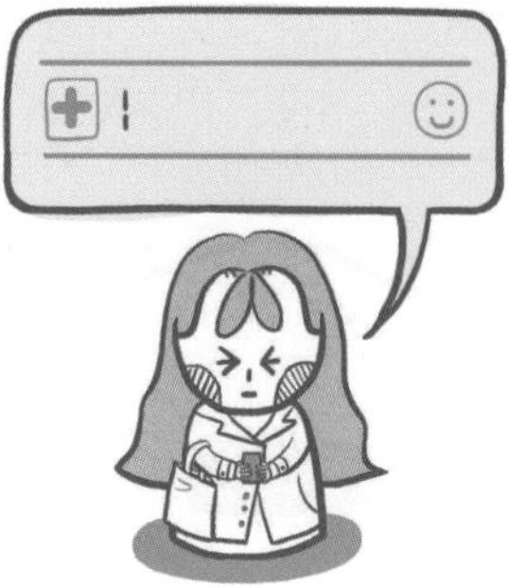

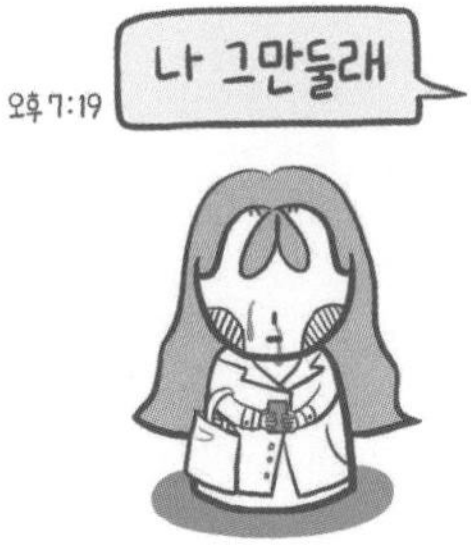
오후 7:19
나 그만둘래

<울면 콧물 같이 나오는 타입>

#038

나를 멈추게 한 말들

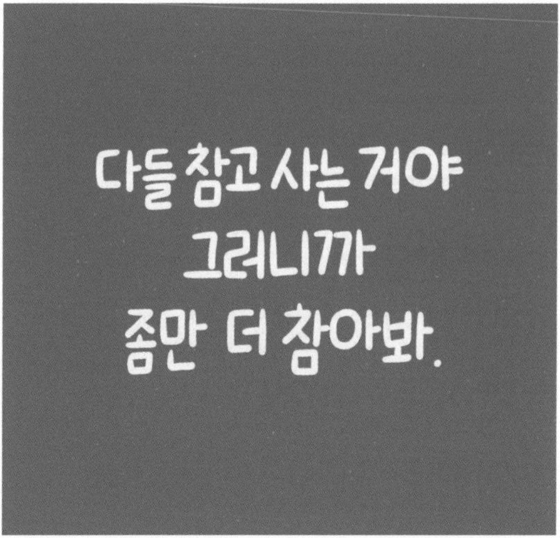
다들 참고 사는 거야
그러니까
좀만 더 참아봐.

안 그런 곳이 어딨어
에이 너무 심하게 전달하는 것 아냐?
우리 딸은 다 좋은데 참을성이 없어.

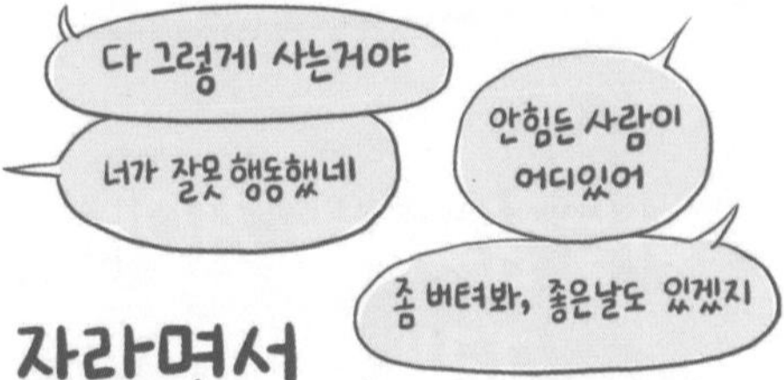

다 그렇게 사는거야
너가 잘못 행동했네
안힘든 사람이 어디있어
좀 버텨봐, 좋은날도 있겠지

자라면서
공감보다는 냉정한 답을
많이 들었기에
이런 반응을 예상했지만

역시 듣기 힘들다.

다 그렇게 사는거야
너가 잘못 행동했네
좀 버텨봐, 좋은날도 있겠지
안힘든 사람이 어디있어

이 말들은 늘
나를 멈추게 했다.

나의 부모님을 부정적으로
말하고자함이 아니라

야 그건 아무것도 아니야
나는 말이야~

우리는 생각보다
가까운 사람들에게
가족·친구·애인·동료에게

냉정하다.
필요 이상으로

하지만
누구보다 그걸 잘 알고
고민하는 사람은
나 자신이니까.

• • •

#039

성공한 삶 따위

엄마 생신을 맞아
가족끼리 외식을 했다.

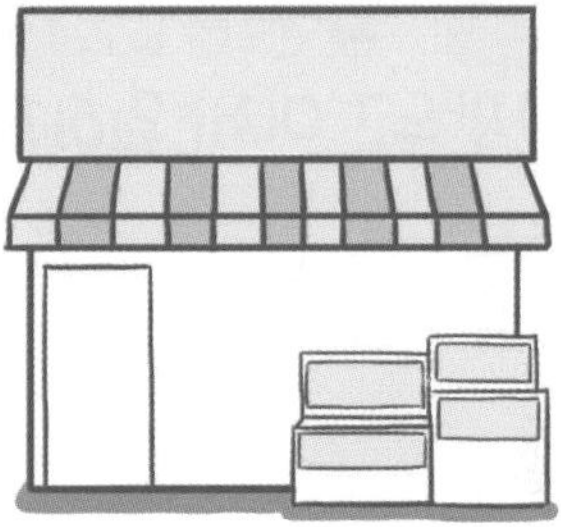

한껏 기분 좋게 먹고있는데
아빠가 술 한잔 주시며
말했다.

뭐 하기 어색한 질문 할때
or 술을 거하게 드시고 기분 좋은 날

우리딸 회사 그만둔다고?
그만두고 이제 뭐하게

나는 대답했다.

놀꺼야, 일 안할꺼야

에이 평생 놀고 살 수는 없지
너 친구들은 다
일하고 돈 모아서
여행도 가고 하는데
여행가야지~
다 큰 딸을 어르고 달래보려
꺼내는 아빠의 어색한 예시

여행 안 가.

다짐이라기보다 오기로 말하는 말들

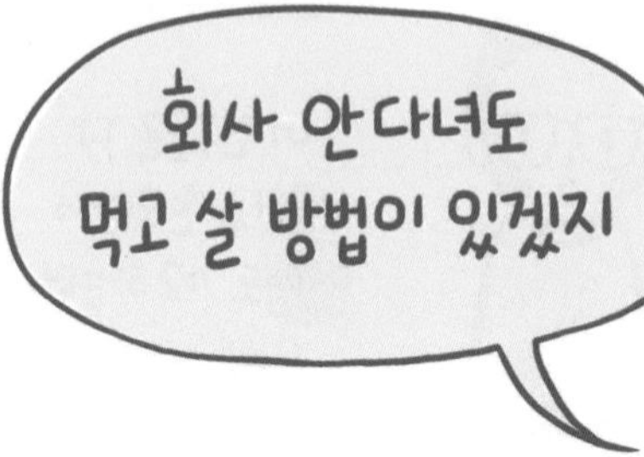
회사 안다녀도
먹고 살 방법이 있겠지

너는 좀 더 위로
올라가고 싶지 않아?

응, 올라가고 싶지 않아.

위를 바라보라고

너보다 대단한 사람들을 보면
부럽지 않냐고
욕심나지 않냐고 물으셨다.

나는 생각했다.

부럽긴해도
그곳까지 가기위한 고통을
견딜수 없다고

이런사람도 있지 않겠냐고

부모님은 나에게

너가 평범하게 살길 바란다.

라고 말씀하셨다.

평범함의 기준이 뭐야?
직장만 들어가면 된거야?
이 시기가 지나면 이젠
결혼얘기 할거잖아

나는 로봇으로 태어난게 아니야
세상에 사람이 얼마나 많은데
그 사람들이 다 똑같이 살지 않잖아

나는 또 화를 내버렸다.

아빠는 말씀하셨다.

솔직히 엄마아빠가
너 아쉽지 않게,
무엇이든 못해봐서 속상한 일 없게
지원해달라는 것
다 해주려 노력했어

너 보다 지원 못받은 친구들 보면
뭐 느끼는것 없니

나는 뭔지모를 억울함에
울면서 말했다.

왜 높은 곳을 바라보라면서
나보다 잘사는 사람과 비교하고
지원받은 것을 이야기 할 때는
나보다 덜 지원받은 사람과 비교해?

듣고 있던 오빠가 얘기했다.

아빠. 저희도 부족함 없이
자라게 해주셔서 감사드리죠
저희가 그런걸로 불평한 적 없잖아요

그런데 저희도 나름대로
용돈에서 교통비, 식비 제외하면
따로 친구들이랑 놀 돈, 옷살돈
그런건 부족하니까 알바도 하고
돈모아서 여행도 가고

그런데 제주위에도
돈걱정없이 학교다니던 친구들
종종있어요.
학교앞에서 자취하면서
한달에 백만원 씩 용돈받으면서.

구나도 지금 하는일이
정말 하고싶던 일이면
자취 안하고도 어떻게든
출퇴근 하면서 다녔겠지

그런데 아니잖아요
힘들어서 얘기하는 거 잖아

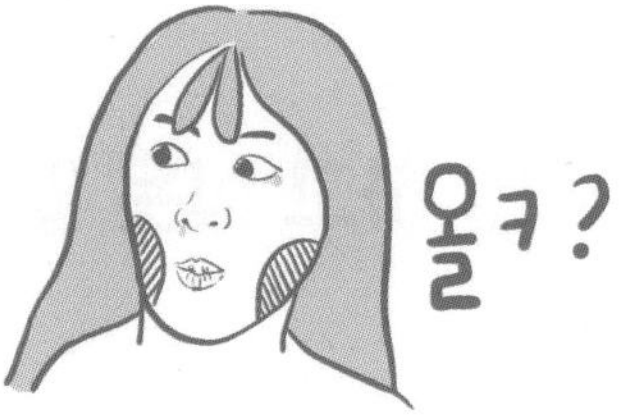
올ㅋ?

#040

정말 하고 싶은 일

정말 하고싶은 일.

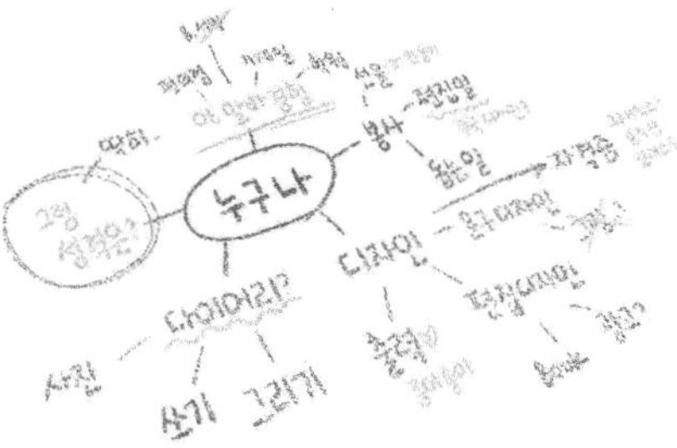

나는 그것을 못찾았다.

이런 마인드맵 수십번 그려도 답은 안 나옴

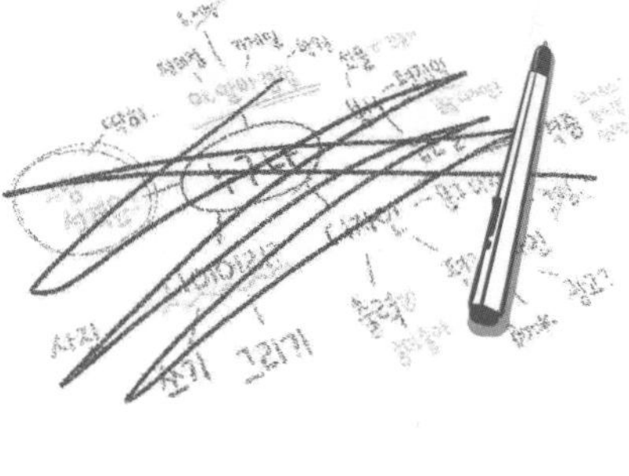

25년동안
그것을 못찾고 방황했다.
이건 해가 넘겼으니 26년

커서 뭐되지
무슨 대학 무슨 과 가지
아, 나 지금
뭐해야 하지
초딩
고딩
26세

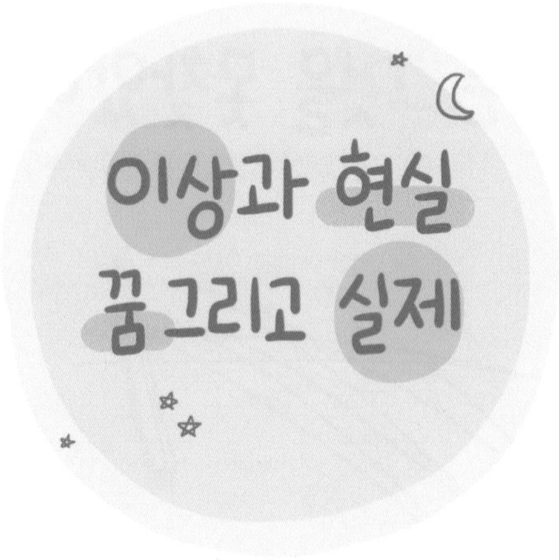
이상과 현실
꿈 그리고 실제

그런걸 모르던 때로 돌아가

내가 정말 하고싶은게
무엇인지 알고싶다.

다들 하고싶은 일을
하고 살지않는다는 것은 알지만

그 '다들'에 내가 들어가
그것을 온 몸으로 인정하고
싶지 않았다.

학교어디야?

졸업했니?

나를 쫓아오는 것들에서 벗어나,
시간이 필요할 뿐이다.

애인있어?

취업은?

직장 잘 다녀?

난 아직도
생각이 어린
아이일까.

#041

그 시간을 정리하며

회사에
퇴사의사만 말하면 되는데
너무 떨려서
입을 뗄 수 없었다.

퇴사하면 자취방은 어쩌지
부모님은 허락을 한거야 뭐야
팀장한테 말하면 되나
사유 물어보면 뭐라그러지
새 프로젝트 들어가기 전엔 말해야겠지
이런고민이 제일 멍청한 고민
-미래 누구나-

나는 무엇이 두려운건가
나도 잘모르겠고
부모님께 용기를 받고 싶어서
전화했다가

부모님은 내가 퇴사하길
원하지 않는구나를 느꼈다.

알았어 그만둬~
내일 금요일이니까
집에와서 얘기하자
아니 뭘 더 얘기를 해
그냥 그만 둔다 입 떼기가
어렵다니까ㅠㅠ
in 공원

아니 뭐가 어려워~
그냥 가서 다니기 힘들어서
그만두겠습니다~ 해

아니 그게
도대체 무슨 말이야
그렇게 말하고
퇴사하는 사람이 어딨어

아니, 그때까지도
나를 아기 달래듯 대하는
수화기 너머 목소리에

너 힘들어서 그만둔다며
팀장한테가서 '회사 못다니겠습니다'
말하고, 내일 퇴근하고 집으로 와

아니, 그게 무슨.
내가 애야?
말하더라도 집 안가

정말 아이처럼
부모님께 쏟아내고
울면서 자취방까지
걸어갔다.

전화 끊기 전부터
펑펑

창피해서 지하철 못탐

SSIN
전화 가능?
SSIN
응!

지하철 다섯정거장
걸어서 한시간 반

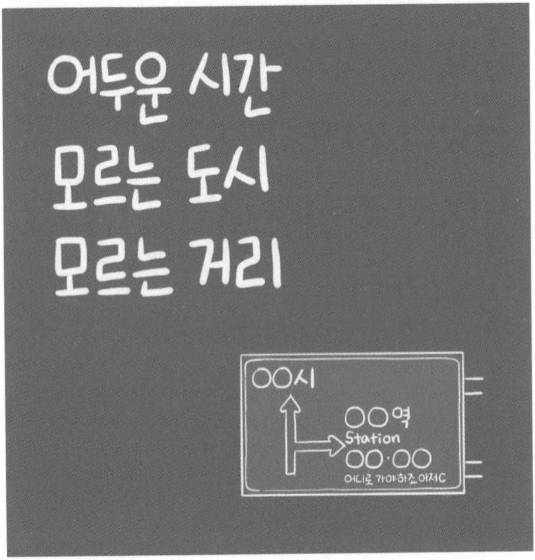
어두운 시간
모르는 도시
모르는 거리
OO시
OO역
Station
OO·OO
어디로 가야하죠 아저C

눈물 콧물

지하철 안내표시만
보면서 가는데

내가 마치 드라마
주인공이 된 기분이 들어.

착각은 자유니까

자취방에 도착할 쯤엔
웃음이 났다.

아주 잠깐 이불킥하는 일화들과
쓰레기같던 전남친도 떠올라
뜬금없이 수치스러웅

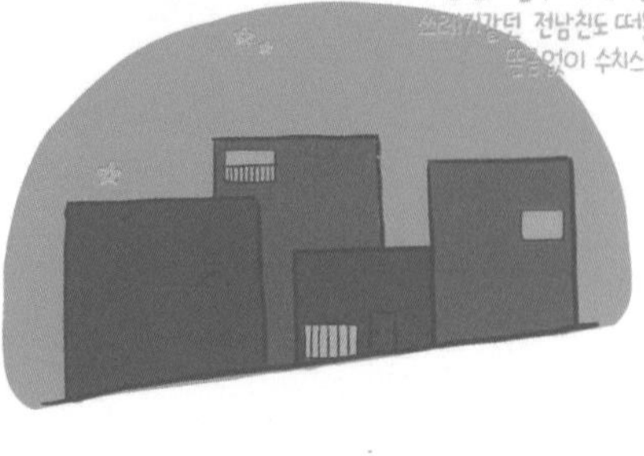

이게 드라마라면
장르가 뭘까.

#042

좋은 기억도 있으니까

퇴사를 했다.

그동안
수고했다~
잘지내~
회사에서 개인 짐
제일 없는 편인데
챙겨보니 한가득

세모선배는
나를 데리고 가서
선물을 사주셨다.

시간있어?
선물 사줄게, 가자!
네..?
아니 괜찮..
네...?

우리가 어디서
어떤 인연으로
또 만날지 모르는데
헤어진다고
함부로 할수 있니

세모 선배는
좋은 선배이자
어른이었다.

적어도 나에게는

몇 년 전
내가 학원알바를 그만둘 때
엄마는 이런 말씀을 하셨다.

그동안 일하던 곳이니
같이 일한 선생님들
커피라도 선물해드리고
마무리해~

그래서 나는
사이 틀어진
전임 쌤 빼고ㅋㅋ
다른 분들 것 챙겨드리고 나옴

나는 자취방에 들려
후드로 옷을 갈아입고

마지막으로
후드입고 회사 가보기
(볼 사람이 없지만)

선물을 구입해서
회사로 돌아갔다.

늦은 시각

텅빈 사무실을 지키시는 경비아저씨와 인사하니 첫날이 생각났다.

아, 역시 좋은 기억이 아니었다. 첫날부터.

경비아저씨 덕분에 첫인상이 좋았다
그래서 인사과를 가서 서류정리를 하는데
인사과 부장? 님이 나에게 묻더니
바로 경비실에 연락해 다그치셨다

나는 팀원들 그리고 그동안 감사했던 분들 책상에 작은 선물과 카드를 올려두고 나왔다.

다신 보고싶지도 않고
연락도 안할
사람들이지만

길 가다도
안 만났으면-
이 동네
다신안와

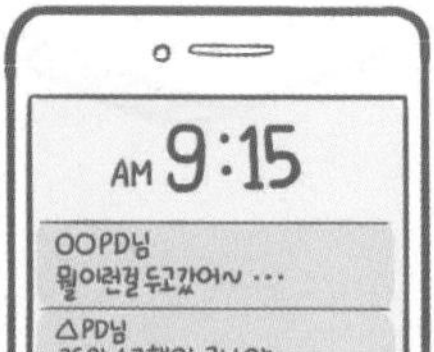
AM 9:15
OOPD님
뭘이런걸 두고갔어~ ···
△PD님
그동안 수고했어 구나야 ···
□선배님
놀러와! 밥 사줄게^^

그래도
좋은 기억들도 있으니까.

#043

할 말이 넘쳐서

쫓기듯 달리다 뒤를 돌아봤는데
아무도 나를 밀고 있지 않았다.

내 삶은
나의 속도로 달려도 되는
내 인생인데

나는 그동안 누구 속도로
힘겹게 달린 걸까.

세상엔 이해할 수 없는 것 투성이고

나는 늘 그 안에서
결정을 내려야했다.

늘 내가 옳은 결정을 내렸나 걱정했고

내 마음은 항상
무너져 내렸다.

이젠 정말
내가 정말 하고 싶은 게
무엇인지 알고 싶다.

다들 하고 싶은 일을
하고 살지 않는다는 걸 알지만

그 '다들'에 내가 들어가
그것을 온몸으로 인정하고 싶지 않았다.

이만큼 느끼고 깨달았으니
용기를 내봐야겠다.

앞으로 무슨 일을 할까 생각해보면,
지금 당장 생각나는 것은 없지만

지금까지의 나를 믿으며
이렇게 말해본다.

"뭐라도 하겠죠
직장이 아니더라도."